project paard

Red Madelief!

project paard

Red Madelief!

Nicolle Christiaanse

met tekeningen van
Marja Meijer

kluitman

De Nederlandse Kinderjury 2017

Nur 283/LP041601

Opmaak binnenwerk: Marieke Brakkee

kluitman.nl

Bij Koninklijke Beschikking
Hofleverancier

Dit verslag is voor jou, papa.
Omdat je mij niet kent, zal ik me eerst voorstellen: ik ben de dochter van jou en Jiska Smidt. Volgens mama hebben jullie samen een hele mooie avond en nacht beleefd en ben je daarna verdwenen. Ze dacht dat je Paul heette, maar ze weet het niet zeker. Negen maanden later werd ik geboren en mama noemde me Angelina. Met die naam ben ik niet blij!
Meestal noemen ze me Angel, wat iets beter klinkt. Ik ben geen engeltje en ik zie er ook niet zo uit. Niet dat ik lelijk ben, maar ook zeker niet knap. Mijn haren zijn lang, golvend en bruin en ik heb bruine ogen. Omdat ik aan het groeien ben, passen mijn armen en benen niet bij de rest. Vaak weet ik niet waar ik ze laten moet. Ik kan wel hard lopen, maar natuurlijk niet vliegen.

Ik woon samen met mama en mijn broertje Goof. Eigenlijk heet hij Govert. Zielig, hè? Mama heeft echt geen smaak als het om namen gaat!

Goof is acht jaar. Voor een broertje is hij niet slecht, al heb ik weinig aan hem. Zijn vader Vincent is zo vaak bij ons dat het lijkt of hij hier woont. Maar eigenlijk is dat dus niet zo.

Vince is oké. Hij is aardig, en een goede vader voor Goof. Als ik het nodig heb, speelt hij ook voor mijn vader. Verder laat hij me met rust.

Over school valt er weinig te vertellen. Ik zit in de eerste van het VWO en alles is simpel. Zonder al te veel moeite staat mijn rapport vol negens en tienen.

Ik ben dertien jaar oud. Een ongeluksgetal zeggen ze, maar ik ben van plan er een heel goed jaar van te maken.

Er zijn maar twee dingen die ik echt mis, nu ik dertien ben:

1. Een eigen vader
2. Een eigen paard

Je leest het goed: een eigen paard. Ik ben namelijk 100% paardengek; van paarden krijg ik nooit genoeg.

Daarom start ik: Project Paard.

Doel: zo veel mogelijk paarden zien, voelen, horen en ruiken.

Ik breng verslag uit aan jou, via dit ultrageheime document. Het staat verborgen op mijn laptop en is vergrendeld met een wachtwoord. Zo heb ik toch een soort eigen vader.

MAANDAG

Paardrijles-dag! De leukste dag van de week!

Mijn les is 's avonds van acht tot negen. Mama is van het zelfstandig opvoeden, dus ga ik altijd op de fiets. Met de auto gebracht worden is er voor mij niet bij. Gelukkig niet!

Mama vertrekt altijd op het laatste moment en hoopt dan dat er niks misgaat waardoor ze te laat zou kunnen komen. Ik zou haar nooit zover krijgen dat ze al om half zeven op de manege is. In anderhalf uur kan ze zo veel doen, die tijd wil ze echt niet verspillen met wachten in de kantine.

Mee naar de stallen gaat ze zeker niet, want ze is al bang voor shetlander Harry. Harry is wel ondeugend, maar nooit gemeen. De kleintjes leren op hem rijden en ze zijn allemaal dol op hem.

Mama gelooft me wel, maar ze blijft bang. Het paardenvirus waarmee ik besmet ben, heb ik niet van haar, dus het moet van jou komen, papa.

Doe jij iets met paarden? Mennen of westernrijden misschien? In mijn mooiste dromen heb ik een vader met een eigen manege.

Ik heb een goede reden om vroeg te zijn: ik wil helpen bij de beginners. Die rijden van zeven tot half acht. Wie de pony's opzadelt, mag ook meelopen. Je moet wel snel zijn, want er zijn maar vier pony's nodig.

Vandaag was ik ruim op tijd. Precies tegelijk met Eefje. Zucht...

Wat er mis is met Eefje?

Laat ik het zo zeggen: zonder haar zou het op de manege

nog veel leuker zijn. Eefje wil altijd hetzelfde als ik.

Zo heeft ze dezelfde lievelingspony: Madelief, de beste, liefste en mooiste haflinger ooit. Vorige week reed Eefje op haar, dus nu was het mijn beurt. Vond ik...

Met Cas ben je daar namelijk niet zeker van. Cas is de manege-eigenaar. Hij weet heel veel van paarden en kan ontzettend goed lesgeven. Wat hij niet kan, is onthouden wat hij heeft beloofd, of wie er aan de beurt is. Daar

moet ik hem altijd mee helpen.
Eefje zag Cas het eerst. Voor ik mijn mond kon opendoen, vroeg ze al of ze mocht meehelpen met de beginners.
Zo snel mogelijk zei ik: 'Mag ik ook, en mag ik Madelief opzadelen?'
Cas antwoordde: 'Die loopt niet mee vandaag.'
'O,' reageerde ik verbaasd.
Madelief heeft heel veel geduld met beginners, zeker als ze klein zijn. Vaak schuift zo'n ruitertje opzij, en dan gaat ze er zelf weer onder lopen zodat het kind niet valt.
Bij de gevorderden gedraagt mijn super-haf zich anders. Dwingen kun je haar niet, je moet het vragen. Mag ze je graag, dan werkt ze voor je. Anders lig je er zo af. Voor mij doet ze alles. Voor Eefje ook, helaas.
Eefje wist even niet wat ze moest zeggen, dus ik was haar voor: 'Mag ik Harry dan?'
'Prima,' knikte Cas.
Eefje keek mij kwaad aan. Pech, zij had vorige week Madelief, nu mocht ik kiezen.
Tegen Cas glimlachte ze liefjes en ze vroeg: 'Wie mag ik?'
'Alyssa,' antwoordde Cas.

Heel vreemd, want Alyssa is een paard en nogal groot voor een beginner.
Eefje vroeg het nog een keer, maar kreeg hetzelfde antwoord. Ze haalde haar schouders op en ging de grote vos borstelen.
Ik bracht eerst een wortel naar Madelief. In haar oor fluisterde ik: 'Je moet nog even wachten, maar ik zorg ervoor dat ik straks op jou mag. Beloofd.'
Er liep wat oranje speeksel uit haar mondhoek, maar verder reageerde ze niet. Als ze kon praten, had ik geweten dat het allemaal heel anders zou gaan.
'Tot straks,' zei ik hardop en ik liep naar Harry.
Harry kreeg eerst een dikke knuffel. Daarna borstelde ik zijn zwarte vacht tot die glansde en ik krabde zijn hoeven uit. Opzadelen was een makkie, want bij hem kan ik er overal goed bij.
Eefje had het een stuk moeilijker met Alyssa. Ze moest op haar tenen staan om het hoofdstel aan te doen, en aansingelen kon ze niet zelf.
Ik vond het grappig... tot ik zag welke beginner zij kreeg!

Net als vorige week ging Liz op Harry. Liz is een

schattig meisje met vlechtjes. Ze is zes jaar en een beetje bang. Het is leuk om haar te helpen.
Maar Eefje had nog meer geluk. Haar beginner reed voor het eerst mee. Hij heette Levi en was megaknap. Hij was slank en had te lange benen voor een pony. Zijn haar was blond en als hij lachte, kreeg hij kuiltjes in zijn wangen. Zijn ogen waren groen met bruine spikkels en toen hij naar me keek, smolt ik bijna.

Natuurlijk kreeg Eefje hem. Vorige week mocht ze Madelief en nu dit weer. Het was gewoon niet eerlijk.

Maar ik moet niet zeuren. Ik liep mee, en langs de kant stonden genoeg meiden die jaloers waren op mij.
Annelotte gaf les. Ze is Cas' zus, instructrice en ze kan mega goed rijden. Bijna elk weekend doet ze mee aan een springwedstrijd en vaak komt ze terug met de oranje rozet.
Oranje betekent dat je eerste bent. Dat weet je toch wel, hè papa?
Meestal doet Annelotte de beginnersles en komt Cas bij ons. Ze zijn allebei leuk. Van Cas leer je veel en bij Annelotte doen we vaak spelletjes of gaan we springen. Wij wel, de beginners niet natuurlijk.
In de beginnersles lopen er verdeeld over de bak vier pony's. Vandaag dus drie en een paard. Omdat Alyssa veel grotere passen neemt dan Harry, moest ik af en toe afwenden of een volte lopen. Ik mocht zelf bepalen wanneer dat nodig was, dus hield ik de anderen goed in de gaten. Ook Eefje en Levi.
Levi lachte de hele tijd naar Eefje en één keer zag ik hem zelfs knipogen. Ze kletsten constant. Eefje moest alles wat Annelotte zei nog een keer herhalen en hem helpen. Het leek er niet op dat ze het erg vond.
Liz deed veel beter haar best. Ze had het ritme van staan-en-zitten in draf al bijna te pakken. Bij Harry

met zijn korte beentjes moet je heel snel lichtrijden en dat deed ze best goed. Nog een paar lessen en dan kan ze een groep opschuiven. Dat is ook een beginnersles, maar dan loopt er niemand meer mee. Voor ze daarin mag, moet ze netjes zitten en kunnen lichtrijden, en kunnen sturen en remmen.

Harry is de kleinste en loopt het langzaamst. Ik kan hem makkelijk bijhouden. Alyssa loopt veel sneller, dus na een half uur meerennen was Eefje buiten adem. Van kletsen kwam niet veel meer.

Na de les hielp Liz Harry af te zadelen. Verderop in de gang hoorde ik Eefje en Levi samen giechelen.

Omdat Liz echt niet alleen bij Harry kan blijven, kon ik niet gaan kijken wat ze aan het doen waren. Waarschijnlijk alleen maar Alyssa aan het verzorgen. Hoop ik…

Het zou echt te erg zijn als Eefje Levi inpikt.

Normaal ben ik niet zo van de jongens; paarden zijn veel leuker. Maar met Levi kan het best romantisch worden. Als hij wat beter heeft leren rijden, kunnen we samen over de hei galopperen. Dan stoppen we bij het ven en stappen we af. Levi kust me, terwijl de paarden zachtjes briesen…

Mij! Niet Eefje!

Het is maar een droom. Nog wel…

In het echte leven deden Liz en ik Harry's deur goed dicht. Ik wilde niet dat die ondeugende shet door mijn schuld de manege op stelten zou zetten.

Daarna ging ik op zoek naar Cas. Eefje was nog met Levi in Alyssa's stal, wat me goed uitkwam.

Cas stond bij de ingang van de bak. Hij was pony's aan het uitdelen. 'Jij op Boris,' zei hij.

Snel dook ik weg en hij wees naar Nathalie.

Daar hoefde ik dus niet op. Boris is best lief, weet je. Hij is bruin, een beetje dik en één meter vijfenveertig hoog. Hij is ook sloom en bijna niet in galop te krijgen. Na een uur op Boris ben je doodmoe.

Nathalie was blij; zij werkt graag hard en vindt het leuk om Boris goed aan het lopen te krijgen. Ieder zijn ding, toch?

'En jij op Beauty, Vivian,' ging Cas verder.

Vivian is een echt dametje en de elegante Beauty past bij haar.

'Mag ik op Madelief?' vroeg ik.

'Nee,' zei Cas.

Op dat moment vond ik het echt oneerlijk! Mijn smeekbede voor les op Madelief, om goed te maken dat ik vorige week op Boris moest, hielp niet. Het bleef nee. Heel verrassend was dat ook Eefje niet mocht. Even dacht ik dat er nog iemand was die op Madelief wilde rijden. Maar het was veel erger: Madelief is kreupel. Aan alle twee haar achterbenen!

Weet jij daar iets van, papa? Kreupel aan twee benen tegelijk is toch raar?

Cas wilde er verder niet over praten. We moesten opschieten, want de les begon al over tien minuten.

Ondanks alles was het leuk. Ik reed op Spido, een snel

schimmeltje. Tot nu toe had ik nooit zo op hem gelet. Spido is Nina's favoriet en ík maak er geen gewoonte van om iemands lievelingspony in te pikken. Nina was er niet, anders had ik om een andere pony gevraagd.
Spido hoef je niet aan te sporen. De kunst is om hem rustig te houden, anders galoppeert hij een uur lang rondjes.
Cas gaf goede aanwijzingen, zoals rechtop en zwaar zitten, hakken goed omlaagduwen, handen en benen stilhouden en rustig blijven. Rende Spido toch weg, dan moest ik een volte draaien. Door de cirkel steeds kleiner te maken, kon ik hem vanzelf langzamer laten lopen.
Het lukte me best goed. Als je me had gezien was je trots op me geweest, papa. Hij ging er maar drie keer vandoor.
Ik heb niet hardop gezegd dat het leuk was op Spido, anders wil Eefje volgende week op hem. Zij reed op Astrid, een roodschimmeltje. Astrid is goed in dressuur; bij wedstrijden wordt ze vaak eerste. Eerlijk gezegd liep ze super bij Eefje.
Na de les kregen we allebei complimenten van Cas. Tegen mij zei hij: 'Jullie zijn een goed team, Angel. Je kunt wel vaker op Spido rijden.'
Dat gaat 'm dus niet worden.

Ten eerste is Spido al bezet door Nina.

Ten tweede is en blijft Madelief mijn favoriet.

Nadat ik Spido had verzorgd, was mama er nog niet.

Een meisje van dertien kun je niet alleen om half tien naar huis laten fietsen, vindt ze. Dus komt ze me ophalen.

Van mij hoeft het niet, ik ben in tien minuten thuis. Ik ben ook niet bang, want ik kan heel hard fietsen en als het moet ook heel hard schoppen.

Omdat ik toch moest wachten, ging ik Cas uithoren.

Natuurlijk had Eefje hetzelfde idee.

Cas was in de kantine. Aan de bar dronken Levi en Vivian cola. Vivian zit altijd in de kantine mooi te zijn. Daar worden haar designkleren niet vies en scheuren haar lange, gelakte nagels niet. Ik moet toegeven dat ze knap is, maar ze geeft niks om paarden. Ze komt alleen om te rijden en op te vallen. Zou Levi dat op tijd inzien? Ze zaten wel heel dicht bij elkaar.

Terwijl ik Levi in de gaten hield, vroeg Eefje wat er nou precies mis was met Madelief.

Resoluut draaide ik mijn rug naar Levi toe. Ik was daar niet voor hem!

Cas wist niet wat Madelief mankeerde, daarom gaf hij haar een paar dagen rust, vertelde hij. Daarna doet ze weer mee in de les, of gaat hij met haar naar de dierenarts.

'Staat ze dan al die tijd op stal?' vroeg ik.

'Ja,' knikte Cas.

'Zielig!' Eefje zei precies wat ik wilde zeggen.

'Zal ik voor haar komen zorgen?' stelde ik voor.

'Of ik,' zei Eefje.

Grrr...!

Weet je wat Cas zei? 'Jullie kunnen het samen doen.'

Niet te geloven, toch? Ik, samen met Eefje? Hoe komt hij erbij?
'Ik ga morgenmiddag na school,' zei ik. 'Dan kun jij 's avonds, Eefje.'
'O, ik weet niet of ik dan mag,' zei Eefje. 'Mijn moeder wil dat ik meer tijd besteed aan mijn huiswerk.'
Goed zo, moeder van Eefje. Ik heb Madelief liever voor mezelf.
Geen idee waar Eefje naar school gaat, trouwens. Ze zit niet bij mij, anders had ik het wel geweten.
Cas verpestte de boel. 'Samen is niet om de beurt,' zei hij. 'Jullie doen het tegelijk of niet. Ik ben dat geruzie om Madelief meer dan zat!'
Dus hebben we afgesproken om vier uur morgenmiddag. Voor Madelief doe ik alles, zelfs samenwerken met Eefje.
Toen we vertrokken, stond Levi ook net op. Had hij genoeg van Vivian of was het voor hem ook tijd om naar huis te gaan? Ik duim voor het eerste.

DINSDAG

Mijn afspraak met Eefje kwam toch van pas.
Mama vond het onzin dat ik weer naar de manege wilde.
'Voor Madelief zorgen is geen goede reden,' beweerde ze.
'De paarden verzorgen kunnen ze bij de manege zelf wel.'
Ik zei het al: ze snapt niks van paarden, daar kan ze ook niks aan doen.
Wat zou jij hebben gezegd, papa? Ik hoop: 'Heel goed, Angel. Een kreupel paard heeft veel liefde en aandacht nodig. Het is fijn dat je meer wilt doen dan alleen rijden.'
Mama ziet me liever spelen op het grasveldje tegenover ons huis, samen met Goof en Thijs. Daar kan ze ons in de gaten houden.
Thijs is onze buurjongen en Goofs beste vriend. Ze zijn even oud, zitten in dezelfde klas en doen bijna alles samen. Met goed weer voetballen ze op het veldje, met slecht weer gaan ze meestal gamen. Toen ik acht was, speelde ik ook op het veldje, nu liggen mijn interesses echt ergens anders. Mama weet dat wel, maar ze hoopt

tegen beter weten in dat ik klein blijf.
Zwaar teleurgesteld drong ik aan: ‘Mama, ik heb afgesproken met Eefje.’
Het hielp!
Dankzij Eefje mocht ik wel. Mama hamert er altijd op dat je vriendinnen nooit in de steek mag laten. Weet zij veel dat Eefje mijn vriendin niet is.

Eefjes moeder vond het blijkbaar ook goed, want om vier uur trof ik Eefje bij Madeliefs stal. Madelief was superblij om ons te zien. Ze stond al de hele dag te niksen en verveelde zich te pletter.
‘Wat gaan we doen?’ vroeg Eefje.
Daar had ik al over nagedacht. ‘Eerst borstelen en daarna rustig stappen,’ antwoordde ik. ‘We kunnen met haar over de strook gras langs het pad naar het bos wandelen. Daar kan ze uitrusten en een beetje grazen.’
‘Mag ze wel lopen met haar zere benen?’ vroeg Eefje.
Daar had ze een goed punt. We moesten toestemming vragen aan Cas. Wie weet, werd het wel erger van beweging.
Omdat ik Eefje niet alleen bij Madelief wilde achterlaten, en zij mij ook niet, gingen we samen op zoek naar Cas. Madelief keek heel zielig toen we weer wegliepen.

'We zijn zo terug,' beloofde ik. 'Echt waar.'

Ze liet haar hoofd toch hangen.

'Arme Madelief,' zei Eefje. 'Laten we opschieten.'

Daar was ik het mee eens.

Cas was er niet, Annelotte wel. Ze was in de longeerbak haar paard Magic aan het trainen. Magic is een bruine KWPN-er. Hij is pas zes jaar en Annelotte heeft hem zelf ingereden en opgeleid. In zijn stal ziet hij er heel gewoontjes uit, maar zodra hij begint te bewegen is hij ineens elegant en vurig. Hij kan megagrote galopsprongen maken en supergoed springen.

Magic begon ondeugend te bokken, terwijl Annelotte naar ons luisterde.

'Een beetje beweging kan geen kwaad,' zei Annelotte, 'en met grazen doe je haar een groot plezier.'
Goed plan van mij, dus.
Annelotte richtte haar aandacht weer op Magic. Die had zich omgedraaid en zat in de knoop met de longeerlijn. In plaats van stil te staan zodat Annelotte hem kon bevrijden, sprong hij met vier benen in de lucht.

Ik wachtte even om te kijken of Annelotte hulp nodig had. Het was mooi om te zien hoe goed Magic haar vertrouwde. Ze kalmeerde hem, maakte hem los en al gauw liep hij weer keurig zijn rondjes.
Niet helemaal keurig, trouwens, af en toe gaf hij een

bokje. Maar een jong paard mag dat, toch? Die twee hadden mij niet nodig.
Eefje had niet gewacht. Ik moest rennen om haar in te halen. Ze mocht niet beginnen zonder mij!

Madelief vond het heerlijk om te worden geborsteld. Eefje zei geen woord, dus kon ik al mijn aandacht aan Madelief schenken. Ze stond met haar ogen half gesloten te genieten.
Toegegeven, Eefje was lief voor haar. Ze hield de achterste hoeven bij het uitkrabben zo dicht mogelijk bij de grond en ondersteunde het been zo goed als ze kon.
Madelief toonde geen pijn. Wat niks zegt, want ze is tenslotte een stoere haflinger.
Na de poetsbeurt gingen we wandelen. Eefje hield het halstertouw vast; ze was gewoon te snel voor mij.
Zo kon ik wel goed zien hoe Madelief liep. Op het erf ging het nog wel, maar op het zandpad liep ze duidelijk slechter. Ze maakte korte pasjes, alsof ze haar hoeven steeds zo snel mogelijk weer wilde neerzetten.
Het zandpad begint aan de rand van het manegeterrein en loopt tussen een aantal weilanden door naar het bos.
Die weilanden horen niet bij de manege. De manege heeft

helemaal geen grond waarop de paarden vrij buiten kunnen lopen.
De manegepaarden krijgen hun beweging tijdens de lessen of in de stapmolen, verder staan ze de hele dag op stal.
De eigen paarden laten ze weleens los in de springweide, de longeerbak of de buitenbak.
Tijdens de wandeling hoorde ik Eefje uit over school. Ze zit op het vmbo, net als ik in de eerste klas. Het grote verschil is dat zij moeite heeft met leren. Ze is dyslectisch, waardoor ze langzaam leest en schrijft.
Haar huiswerk kost haar veel tijd en daar heeft ze helemaal geen zin in.
Snap ik! Haar moeder niet, die wil goede cijfers zien.
Met een beetje geluk mag Eefje niet elke dag naar Madelief, omdat ze huiswerk moet maken. Het is niet aardig van mij, toch is het zo. Ik zei het al: ik ben geen engeltje!
We liepen langs het eerste weiland. Madelief begon te dribbelen en te snuiven vanwege de koeien die daarin stonden. Rust leek ons beter voor haar, dus liepen we door tot we tussen een paar lege weilanden waren.
Daar ging Madelief op haar gemakje staan eten. Haar hoeven zette ze heel voorzichtig neer en het leek of ze zo veel mogelijk naar voren leunde om haar achterbenen

te ontlasten. Misschien was het niet zo, maar het voelde wel zo.

Eefje dacht hetzelfde en wat ik ook van haar vind, ze is wel goed met paarden. Vooral met Madelief.

In het laatste weiland, tegen de bosrand aan, stond een bonte tinker. Die werd toch onrustig van Madelief!

Hij galoppeerde heen en weer langs het hek. In de hoek remde hij op het laatste moment, draaide zich om en ging weer terug. Hij leek wel een volbloed arabier, zo snel was hij. Intussen hinnikte hij zo hard als een misthoorn.

Madelief trok zich niks van hem aan; ze vond het gras denk ik te lekker om zich af te laten leiden.

Een paar keer rende de tinker het houten stalletje in dat in zijn weiland stond. Na twee tellen kwam hij zo hard weer naar buiten gestormd dat ik bang was dat hij dwars door het draad zou gaan. Hij deed het niet, maar het scheelde niet veel.

Net toen ik dacht dat we beter konden gaan, kwam er een meisje uit het bos gefietst. Ze kende de tinker, want ze riep meteen: 'Sem! Stel je niet zo aan!'

De tinker heet dus Sem, weet ik dat ook weer.

Sem draaide zich om naar haar, steigerde en knalde hard met een voorbeen tegen een weidepaal. Madelief stopte met grazen om te kijken wat er aan de hand was. Sem keek naar Madelief en hinnikte. Madelief gaf antwoord. De hinnik kwam diep uit haar buik en haar hele lijf schudde. Mijn oren deden er zeer van!

Het meisje stopte bij het hek. Uit haar fietstas haalde ze een zak lekkers. Het leken me boterhammen en wortelen, maar het was te ver weg om het goed te kunnen zien.

Sem verdeelde zijn aandacht tussen Madelief en het meisje. Hij bleef onrustig en Madelief deed mee. Ze trok aan het touw en probeerde Eefje naar Sems weiland te trekken.

Eerder zag Madelief de tinker niet staan, maar ineens

moest en zou ze naar hem toe. Ik greep het touw en samen waren we net in staat om haar tegen te houden.
Het meisje liep met de zak naar de stal. Sem draafde om haar heen. Hij had genoeg ontzag voor haar om het lekkers niet af te pakken en bleef op een eerbiedige afstand. Na elk rondje stopte hij om naar Madelief te hinniken.

Gelukkig bleef Madelief beschaafd. Haar antwoorden bestonden uit lieve briesjes.
'Het lijkt wel of ze verliefd zijn,' vond Eefje.
'Echt wel,' zei ik.
We wisten allebei niet zeker of het kon, maar ze gedroegen zich wel zo.
Ik hoorde het meisje tegen Sem praten, maar verstaan kon

ik haar niet. Bij de stal maakte ze een halstertouw vast aan Sems halster. Toen ze hem een wortel gaf, kalmeerde hij eindelijk echt.
Madelief snoof, daarna stak ze haar hoofd omlaag en at door alsof er niks was gebeurd.

Een kwartiertje later had het meisje Sem geborsteld en gezadeld en reed ze het bos in. De tinker zag er goed uit.
We besloten terug te gaan. Ik leidde Madelief aan het touw, zodat Eefje kon zien hoe ze liep. Ze kwam tot dezelfde conclusie: Madelief loopt moeilijk, op een zachte ondergrond nog erger dan op een harde.
Zodra we bij de buitenbak kwamen, keek Eefje niet meer naar Madelief. Op het hek zat Levi.

Eefje begon zich meteen aan te stellen en ze bloosde nog ook.

Levi glimlachte naar haar en zei: 'Hoi, Eefje.'

Het zal niet waar zijn! Ze valt niet alleen op dezelfde paarden als ik, maar ook op dezelfde jongens. En ik sta mijlenver achter, want Levi kent mijn naam niet eens.

Levi keek naar Bente en haar paard Blacky. Blacky is alle aandacht waard: het is een prachtig zwart paard. Hij heeft een bles en vier witte sokken en – heel bijzonder – het bovenste stukje van zijn staart is ook wit.

Bente ken ik amper. Ze is veel ouder dan ik, een jaar of negentien. Bovendien staan de eigen paarden op een andere gang dan de manegepaarden. Daar kom ik bijna nooit, dus kom ik haar weinig tegen.

Levi kent haar wel goed. Bente is zijn nichtje, vertelde hij, en af en toe mag hij haar helpen met haar paard. Hij hoopt dat hij op Blacky mag rijden zodra hij genoeg lessen heeft gehad.

Bente was aan het dressuren en deed het goed ook. Eefje ging naast Levi staan en deed alsof ze naar Blacky keek. Of het echt zo was, weet ik niet. Ik stond achter hen met Madelief aan het halstertouw.

Op de tweede rang...

Madeliefs oortjes stonden naar voren. Zo te zien vond ze Blacky ook mooi. Toch reageerde ze lang niet zo heftig als eerder op Sem. Ze valt meer op tinkers, denk ik.

Toen Levi zijn hand op Eefjes schouder legde, was ik er klaar mee. Ik trok Madelief mee, terug naar haar stal. Toekijken hoe Eefje Levi versierde, ging me echt te ver.

Madelief stond al hooi te eten toen Eefje kwam opdagen. Haar wangen waren nog rood en ze hijgde. 'Waarom was je nou ineens weg?' vroeg ze.

Ja hallo, ik ging haar echt niet vertellen dat ik Levi ook leuk vind. 'Madelief wilde niet meer,' loog ik. Een leugentje om bestwil moet kunnen af en toe, toch?

'Je had best even kunnen zeggen dat je doorliep,' zei Eefje.

Ik haalde mijn schouders op. Het was haar eigen schuld, moest ze Levi maar met rust laten. Ik zei het niet hardop, want ik wilde geen ruzie uitlokken. Koude oorlog is genoeg, ik moet het nog dagen met haar uithouden.

In principe hebben we afgesproken voor morgenmiddag. Op mijn school doen ze hun best om de eersteklassers op woensdagmiddag vrij te roosteren. Ik ben al om één uur uit.

Eefje ook, jammer genoeg.

Ik zit morgen weer de hele middag met haar opgescheept. Tenzij haar moeder haar thuishoudt. Hoop doet leven, nietwaar?

WOENSDAG

Mama is juf van groep drie op een basisschool, daarom is ze op woensdagmiddag vrij. Vanwege Goof komt dat goed uit; zo is ze niet afhankelijk van Vince of de buurvrouw. Thijs' moeder werkt thuis en Goof is altijd welkom bij de buren. Mama is daar blij mee, maar ze wil er niet te vaak gebruik van maken. Ze doet het liefst alles zelf, zeker als het om Goof en mij gaat. Ik denk dat Vince daarom niet bij ons woont.

Toen jij mama ontmoette, zat ze nog op de pabo, papa. Ze heeft haar examens gemaakt terwijl ze zwanger was. Voor ze aan haar eerste baan begon, is ze een jaar thuisgebleven, bij mij. Sindsdien staat ze voor de klas. Eerst parttime, tegenwoordig fulltime. Ik ging naar de kinderopvang, voor mij kwam er geen oppas aan huis. Ze was – en is – er zelf zo vaak mogelijk.

Vanmiddag was mijn broertje naar een verjaardagsfeestje en had mama alle tijd voor mij. Ze zat op me te wachten toen ik uit school kwam. De tafel was gedekt met een mand vol lekkere broodjes en een pot thee.

Mijn plan om een rijbroek aan te trekken en meteen naar de manege te gaan, ging in rook op. Mama was klaar voor een gezellige, uitgebreide lunch.
Waarom heeft ze niet eerst gevraagd of het me uitkwam?
Omdat ze me wilde verrassen?
Hallo! Ik ben al dertien, ik heb een eigen leven.
Ik weet het, het was lief bedoeld. Daarom heb ik niet moeilijk gedaan. Zonder tijd te verliezen met discussiëren ben ik aangeschoven. Aardig zijn en flink dooreten leek me de beste aanpak.
In recordtempo werkte ik twee broodjes naar binnen.
'Heb je haast?' vroeg mama.
'Eh...' zei ik met volle mond, '... honger. We hadden gym en dat was hard werken.'

Dat was het echt. Ik gaf geen antwoord op de vraag, maar ik heb niet gelogen.

Ze schoof meteen nog een broodje naar me toe. Een met maanzaad, want die vind ik het lekkerst.

Zoals ik al zei: ze is echt lief. Was één avond en nacht te kort om daarachter te komen? Je weet niet wat je mist, papa.

Mama vertelde over school en iets grappigs over Goof. Ik luisterde half en dacht tegelijkertijd aan Madelief. Stond ze nog in de stal te wachten of was Eefje er al? Of iemand anders? Op woensdag is het druk met manegelessen. Madelief is erg geliefd en vandaag krijgt ze vast veel aandacht.

Ik heb geoefend om op tijd te knikken, met mijn hoofd te schudden of te glimlachen zonder echt te weten waar het gesprek over gaat. Het werkt bijna altijd.

Na een kwartier aan tafel te hebben gezeten, begon ik een beetje moedeloos te worden. Hoe kwam ik hier weg zonder mama over de rooie te helpen?

Ik werd gered door de telefoon. Mama heeft een ringtone met klassieke muziek, dus zal ik me nooit vergissen en denken dat de mijne gaat.

Ze keek wie er belde.

Ik zag het aan haar gezicht: ze wilde dolgraag opnemen.

'Doe maar,' zei ik liefjes.
'Dat is Tirza,' zei ze. 'Die blijft uren kletsen.'
Tante Tirza is mama's twee jaar oudere zus. Ze is fotografe en heeft al drie keer de hele wereld rondgereisd. Zodra ze terug is van een reportage belt ze mama om te vertellen hoe het was.
'Fijn, toch?' zei ik. 'Je klaagde laatst nog dat je al zo lang niks van haar had gehoord.' Intussen dacht ik: neem op, dadelijk springt-ie op de voicemail.
Mama kon de verleiding niet weerstaan om bij te kletsen met haar zus. Ze nam op!
Ik propte het maanzaadbroodje in mijn mond en dronk snel mijn theebeker leeg. Daarna stond ik op, gaf mama een kus op haar wang en verdween naar boven om me om te kleden.

Dank je wel, tante Tirza. Dankzij jou zette ik om twee uur mijn fiets in de stalling van de manege. Wie weet hoe laat het anders was geworden.
Tegenvaller: Eefje was er ook. Haar moeder was tennissen en kon pas 's avonds haar huiswerk checken.
Hoe dan ook, Madelief delen is beter dan uren lunchen.
Ik had het aardig zijn en glimlachen niet lang meer vol kunnen houden. Met Eefje is het tenminste duidelijk: we

hebben een hekel aan elkaar en hoeven niet te doen alsof het niet zo is.
Dat was niet aan ons te zien. We liepen samen naar de stallen; wie ons zag, zou zomaar kunnen denken dat we vriendinnen waren. We waren wel erg stil.
Tot we bij Madeliefs stal waren, want die was leeg!
'Zou Cas haar hebben weggebracht?' vroeg Eefje.
'Waarheen?' wilde ik weten. Het ergste leek me naar de dierenkliniek.
Eefje dacht aan iets veel ergers. Ze fluisterde: 'Naar de slager?'

'Natuurlijk niet! Hoe kom je daar nou bij?' snauwde ik. 'Zoiets doet Cas niet!'
Eefje keek verdrietig naar de lege stal.
Ik wilde het niet horen! Waarom meteen het ergste denken? Een positieve instelling brengt je verder, zegt mama altijd. Dit was een goed moment om het te proberen.
'Ze kan ook beter zijn en meelopen in de les,' zei ik.
Eefje keek meteen vrolijker.
We gingen naar de binnenbak, waar de les van half drie aan het verzamelen was. Madelief was er niet bij. Waren er nog meer positieve opties? Ik dacht erover na, maar Eefje geloofde er al niet meer in.
De les begon bijna en Nina stond met Spido op de middenlijn. Ze was aan het aansingelen.
'Hoi, Nina,' groette ik. 'Afgelopen maandag heb ik op Spido gereden. Hij is echt leuk.'
'Ja, hè?' Nina klopte Spido op zijn hals.
Ik kon goed zien hoe dol ze op hem is. 'Je hoeft niet bang te zijn,' zei ik snel. 'Ik pik hem niet in, hoor.'
Hard genoeg voor Eefje om het te horen. Of ze het zich aantrok, weet ik niet, want ik zag alleen haar rug.
Nina is niet bang voor mij. Ze is naar de woensdag geswitcht omdat ze het liefst buiten rijdt. De woensdagmiddaggroepen gaan het bos in zodra het weer

het toelaat. Op maandagavond is het daar alleen in de zomermaanden licht genoeg voor.
Wat haar betreft kan ik elke les op Spido. Tot Madelief beter is, en daarna ook nog als Eefje Madelief krijgt. Want ook al rijdt Astrid lekker, Eefje geeft Madelief echt niet op. Zeker niet nadat ze elke dag voor haar heeft gezorgd.
Vandaag moesten we haar nog wel even vinden...
Op dat moment kwam Annelotte binnen met Magic. Ze zou de groep begeleiden, ook al is haar paard veel groter dan de pony's.
Voor ik Annelotte naar Madelief ging vragen, greep ik Spido vast. Het schimmeltje had er zin in; hij kon niet stil blijven staan.
'Hij rijdt heerlijk buiten,' zei Nina, terwijl ze snel opsteeg.
'Gaat hij er niet vandoor?' vroeg ik. 'Bij mij vloog hij drie keer in galop.'
'Buiten niet.' Nina deed haar rechtervoet in de beugel. 'Daar loopt hij lekker vlot, zonder weg te rennen.'
Nina en Spido waren er klaar voor. Tijdens het wachten op de rest gingen ze stappen op de hoefslag. Spido wilde niet gewoon lopen; hij maakte allemaal rare dribbelpasjes. Het was bijna niet te geloven dat hij

buiten op zijn plek in de rij bleef.
Annelotte was ook opgestegen. Magic stond in het midden van de bak en was al net zo ongeduldig als Spido.
Eefje stond naast hen. Ze was alweer de snelste van ons tweeën.
Annelotte schudde haar hoofd. Ik hoorde haar zeggen: ‘Geen idee. Als Madelief niet in haar stal staat, weet ik het ook niet.’
Daar hadden we niks aan. We moesten op zoek naar Cas.

Cas was in de eigen paarden-gang. Hij praatte met Bente en gebaarde ons te wachten tot ze klaar waren.
Niet echt een straf, want in de stal was Levi Blacky aan het poetsen. Hoewel, poetsen is misschien te veel gezegd: hij stond met een borstel in zijn hand naast Blacky. Toen hij ons zag, kwam hij naar de deur. ‘Dag, dames.’ Hij glimlachte en keek me een paar tellen recht aan.
Lang genoeg voor mij om visioenen van romantische paardrijtochten bij maanlicht te krijgen. ‘Hoi,’ piepte ik.
Eefje deed het beter. Ze bloosde, maar haar stem klonk normaal: ‘Hi, Levi.’
‘Jullie zijn vaak op de manege,’ zei Levi. ‘Hebben jullie elke dag les? Geen wonder dat jullie zo goed rijden.’

Hij heeft maandag dus vanuit de kantine naar onze les gekeken. In de ogen van een beginner rijdt iedereen waarschijnlijk goed, want zo geweldig ging mijn eerste keer op Spido nou ook weer niet. Verder wist hij helemaal niks over mij; mijn naam niet en ook niet dat ik geen vriendin van Eefje ben.

'We zijn hier voor Madelief,' legde Eefje uit.

De groene ogen met bruine spikkels waren op haar gericht.

Ik moest iets doen! 'Ze is kreupel en heeft extra

aandacht nodig,' zei ik en ik dacht: net als ik, maar dan van jou.

'Wat aardig van jullie,' glimlachte Levi.

Ik kreeg het er warm van.

Cas was uitgekletst met Bente en onderbrak ons gesprek. 'Zoeken jullie Madelief?'

'Ja,' antwoordde Eefje. 'Haar stal is leeg.'

Ik was nog bezig met verdrinken in Levi's groene ogen. Zodra ik boven water was, zei ik: 'We hoopten dat ze beter was en meeliep met de les, maar ze was ook niet in de bak.'

'Klopt. Wacht even.' Cas draaide zich naar Bente. 'Is het zo goed dan?'

'Ja, prima.' Bente klonk kortaf. Ze ging Blacky's stal in en trok de borstel uit Levi's hand.

Met een scheef glimlachje naar ons haalde Levi zijn schouders op. Er dansten vlinders in mijn buik.

'Het gaat niet beter met Madelief,' zei Cas tegen ons.

Mijn geluksgevoel verdween onmiddellijk.

'Ze is toch niet naar...' Eefje brak haar zin af.

Mooi, want ik wilde niet dat ze het s-woord nog een keer uitsprak.

'Ze is nergens heen,' bromde Cas. Begreep hij waar Eefje aan dacht? In elk geval zei hij er niks over, maar legde hij uit hoe het wel zat: Madelief werd helemaal onrustig van alle kinderen op de gang. Van de meeste kreeg ze wel een aai of iets lekkers, maar niemand kwam haar halen voor de les. Daar was ze het niet mee eens. Ze stampte en liep rondjes, wat natuurlijk slecht was voor haar zere benen. Daarom had Cas haar naar buiten gebracht en in de longeerbak gezet. Voor de gezelligheid had hij Sjonnie erbij gezet.

'Sjonnie?' vroeg ik.

'Is die nieuw?' wilde Eefje weten.

Bente bemoeide zich ermee: 'Sjonnie is geen manegepony, hij staat sinds een paar maanden in de stal naast Blacky.' De stal waar ze naar wees, was leeg.

Ineens wist ik wie ze bedoelde: een jong vosje, een grappige E-pony met slingerbenen en lange hippie-manen.

Bente zei: 'Janine, zijn eigenaresse, is op vakantie en ik zorg een weekje voor hem. Sjonnie heeft een wondje precies waar de singel ligt, dus hij wordt op het moment ook niet bereden. Het leek Cas fijn voor hem om een tijdje met Madelief buiten te staan.'

Daar hadden ze het dus over daarnet. Wedden dat Cas niet had gevraagd of hij Sjonnie erbij kon zetten?

Bente hoefde zich niet ongerust te maken: Madelief is zo lief, die kun je bij elk paard zetten. Ik zei het niet hardop, want met zulke dingen kan ik me beter niet bemoeien.

'Kunnen we Madelief wel verzorgen dan?' vroeg Eefje. 'Of moeten we wachten?'

'Nou...' Bente grijnsde. 'Wat vinden jullie ervan om ze allebei te poetsen?'

Prima idee, natuurlijk!

Bente gaf ons Sjonnies poetskist. Op het label stond *Sonate* en ik vroeg me af of het wel de goede kist was.

Dat was het wel. Sjonnies officiële naam is Sonate, al noemt niemand hem ooit zo.

'Niet van het terrein af gaan vandaag,' waarschuwde Cas. 'Het pad naar het bos wordt gebruikt voor de lessen. Zo'n groep ponymaatjes zou Madelief weer van streek kunnen maken.'

Een goede reden om daar weg te blijven!
We pakten Madeliefs poetsspullen uit de zadelkamer.
Elke manegepony heeft een emmertje met eigen borstels.
Er zat niet zo veel in als in Sjonnies poetskist.
Logisch, want eigen pony's hebben vaak veel meer en mooiere spullen.
We zetten alles klaar op de binnenplaats, in het zonnetje. Aan de muur van de binnenbak zitten ringen om de pony's aan vast te zetten. Met mooi weer is het de ideale plek voor een uitgebreide verwenbeurt.
Daarna gingen we naar de longeerbak. Sjonnie liep weg, maar Madelief kwam meteen naar het hek. Het hielp dat ik een wortel in mijn hand had.
Vlug klikte ik het halstertouw vast. Ik kan best snel zijn als ik wil.
Sjonnie hoefde geen wortel, maar hij wilde ook niet alleen achterblijven. Madelief was nog niet helemaal uit de bak toen hij al kwam aanrennen. Zijn benen flapperden opzij in draf, wat erg schattig was.
Eefje klikte hem vast. Daarna liep hij braaf mee; hij leek me netjes opgevoed.
Omdat we allebei het liefst Madelief poetsten, bedachten we een wisseltruc. Na het gebruik van elke borstel wisselden we niet alleen van borstel maar ook van pony.

Eefje roskamde Sjonnie en ik Madelief. Daarna gebruikte Eefje de harde borstel bij Madelief en ik bij Sjonnie. Sjonnie had moeite met stilstaan, verder was hij erg lief. Wat zou ik blij zijn met zo'n eigen pony!
Jammer genoeg trapt mama daar niet in. Niet alleen vanwege de kosten, ook omdat ze niet inziet hoe leuk pony's zijn. Alhoewel Sjonnie met zijn lange manen en prachtige Bambi-ogen best bij haar in de smaak zou vallen… Vanaf een veilige afstand van zo'n metertje of vijf.
Eefje kletste de oren van mijn kop. Ze heeft, hou je vast, vier oudere broers!
Ze is een nakomertje; die broers zijn negentien,

eenentwintig, en een tweeling van vijfentwintig.
Eén broertje is goed te doen, vier lijken me echt te veel van het goede. Weet je wat me wel leuk lijkt? Een zusje erbij.
Loopt er ergens een halfzusje van me rond, papa? Of meerdere? Alles kan, echt jammer dat ik het nooit zal weten.
Volgens Eefje zijn er meer voor- dan nadelen aan haar broers. Zo heeft Niek, de broer van eenentwintig, haar zijn oude smartphone gegeven, omdat haar ouders het nut van zo'n ding niet inzagen. Een simpel mobieltje leek hun goed genoeg.
Hopeloos ouderwets, hè? Alsof je tegenwoordig zonder mobiel internet kunt.

We deden er bijna een uur over om Madelief en Sjonnie te laten blinken. De groep van half drie kwam terug voor we aan het hoeven krabben toe waren.
Annelotte en Magic liepen voorop. Magic had zich flink druk gemaakt; hij was kletsnat van het zweet. Toch zat Annelotte te glimlachen; wat ik ook zou doen als ik zo'n paard had.
Spido liep achteraan. Nina reed met lange teugels en zat heel ontspannen rond te kijken. Spido was helemaal

niet bezweet. Hij is buiten dus kennelijk echt veel relaxter dan binnen.

Madelief hinnikte een keiharde groet. Mijn lieve superhaf had zo graag mee gewild.

Eefje draaide haar hoofd opzij en werd rood. Haar Levi-alarm werkte top!

Hij kwam uit de stallen en zwaaide naar het meisje op Boris. Ze zwaaide glimlachend terug. Ik kende haar niet, maar vond haar meteen onaardig.

Totaal onverwacht vloog Spido ineens naar voren. Nina hing er half naast. Ze kon zich nog net vastgrijpen aan de manen. Het schimmeltje galoppeerde recht op Levi af.

Levi stapte opzij en Spido rende de gang in.
Gelukkig kwam Bente er net aan. Zij greep Spido's teugels, stopte hem en hielp Nina veilig op de grond. Voor hetzelfde geld was Spido met Nina op zijn rug een stal in gerend. Zoiets levert minstens een verdraaide knie of een hersenschudding op.
'Angel! Hou Madelief en Sjonnie vast!' hoorde ik Eefje roepen.
In een reflex greep ik de halstertouwen. Eefje rende naar voren.
Het was een chaos: alle pony's hinnikten, draaiden en sprongen. Magic steigerde. Toen zag ik pas wat er aan de hand was. Eigenlijk hoorde ik het eerst: dreunende hoeven. Sem kwam in volle galop de binnenplaats op. In z'n eentje! Hij denderde dwars tussen de groep pony's door, recht op mij af.
Madelief hinnikte.
Eefje probeerde Sems halster te pakken, maar hij draaide om haar heen. Sjonnie trok aan het touw; hij wilde van Sem weg. Madelief trok ook, maar zij wilde juist naar Sem toe.
Met een ruk trok ik beide halstertouwen los, net voordat de halsters kapot zouden springen.
Omdat Sjonnie de andere kant op wilde dan Madelief

werd ik bijna in tweeën getrokken. Toch liet ik niet los!

Ik keek rond voor hulp. De enige die geen pony vasthad, was Levi. Levi stond erbij en keek ernaar. Hij bewoog geen vinger.

Onbruikbaar in deze noodsituatie.

Intussen was Sem vlakbij. Hij stopte, draaide scherp en hinnikte. Madelief trok, het touw schuurde door mijn hand...

En weg waren ze. Sem voorop en Madelief achter hem aan. Haar achterbenen werkten prima.

Hoewel mijn handpalm brandde, greep ik Sjonnies

touw met twee handen vast. Hij mocht niet ook ontsnappen!

Nina hield Spido vast en Bente kwam mij van Sjonnie verlossen. 'Ga je vriendin maar helpen,' zei ze. 'Voordat Madelief ongelukken maakt.'

Eefje is geen vriendin, maar Madelief wel! Zo snel ik kon, spurtte ik weg.

Sem en Madelief waren de pony's voorbij. De meeste ruiters stonden er al naast. Ik zag één meisje op de grond liggen. Annelotte was bij haar, dus ik kon me beter met Madelief bezighouden.

Eefje liep voor me uit. Zij kan ook hard rennen! Niet dat het nodig was. Nu Sem zijn jonkvrouw had bevrijd, kalmeerde hij snel. Al aan het begin van het zandpad stopten ze. Toen Eefje het tweetal bereikte, stonden ze te grazen.

Eefje pakte Madeliefs halstertouw. Drie seconden later pakte ik Sem bij zijn halster. We leidden de haflinger en de tinker terug naar de binnenplaats.

Het meisje dat gevallen was, stond alweer rechtop. Zo te zien was er niks ernstigs met haar aan de hand.

'Waar komt die tinker vandaan?' vroeg Annelotte.

'Uit het weiland tegen de bosrand,' zei Eefje.

'Ik denk dat hij jullie achterna is gekomen,' zei ik,

terwijl ik Sems halster stevig vasthield met mijn linkerhand. Op mijn rechter zat een wond van het touw. Ik probeerde de brand eruit te blazen, wat niet echt lukte.

'Dat ziet er pijnlijk uit, Angel,' zei Bente. 'Je hield Madelief lang tegen, hoor.'

'Je bent goed met paarden.' Levi kwam dichterbij en de pijn werd meteen minder.

'Jij anders niet, Levi,' snauwde Bente. 'Je deed helemaal niks om de chaos te verminderen!'

'Sorry.' Levi keek naar zijn tenen. 'Ik wist niet wat ik moest doen, ik ben nog maar een beginner. Angel en Eefje kunnen goed met paarden omgaan, ik wilde hen niet in de weg lopen.'

Best een redelijk excuus. Toch?

Bente slaakte een diepe zucht en draaide haar rug naar hem toe. Ze maakte Sjonnies halstertouw los en gaf het aan mij. 'Hier,' zei ze, 'met touw heb je meer te zeggen over die lomperd.'

'Hij is best lief,' zei ik verontwaardigd.

'Vast wel, maar nu even niet,' zei Bente.

Ze had wel een beetje gelijk.

Magic legde zijn hoofd op Annelottes schouder; kennelijk was hij moe van alle drukte.

‘Weet iemand hoe we snel en veilig van onze bezoeker afkomen?’ vroeg Annelotte.

‘Angel en ik kunnen hem terugbrengen,’ antwoordde Eefje. ‘Wij weten waar hij staat.’

‘Graag.’ Annelotte knikte.

‘Wat doen we met Madelief?’ vroeg ik. ‘Kan ze meelopen?’

‘Nee,’ zei Annelotte heel beslist.

‘Waren jullie al klaar met poetsen?’ wilde Bente weten.

‘Niet helemaal,’ antwoordde ik.

Bente stelde voor om Madelief en Sjonnie weer in de longeerbak te zetten. Dan konden we het werk afmaken

nadat we Sem in zijn eigen weiland hadden geparkeerd. Het was een goed idee en we gingen ervoor.
'Dank je wel voor jullie hulp, Angel en Eefje,' zei Annelotte. 'Goed werk.'
Levi keek mij peinzend aan. Zou hij afknappen op mijn naam?
Hij knapte in elk geval wel af op Bente. Zij gaf haar neef een donderpreek over verantwoordelijkheid en behulpzaamheid. Ze klonk alsof ze zijn moeder was.

In het begin wilde Sem niet meelopen. Madelief hinnikte naar hem vanuit de longeerbak. Hij keek telkens om en het eerste stuk moest ik hem vooruitsleuren.
'Geef Sem maar aan mij.' Eefje stak haar hand uit. 'Jouw hand doet al zeer genoeg.'
Verbaasd gaf ik haar het halstertouw. Was ze nou aardig of wilde ze Sem gewoon graag vasthouden?
Voorlopig gaf ik haar het voordeel van de twijfel en ging ik voor aardig.
Tinkers zijn vreetmonsters, dat weet iedereen, maar Sem is een geval apart. Onderweg wilde hij snoepen van het gras. Eefje wilde dat niet en trok zijn hoofd omhoog.

Opeens stapte Sem op Eefjes voet. Niet echt pijnlijk, maar voldoende om haar af te leiden. Snel nam Sem een hap gras.

Die eerste keer leek het per ongeluk te gaan, de tweede keer kregen we argwaan. Bij de derde keer hadden we het door: hij deed het expres!

Sem zocht een lekkere pluk gras uit, stapte op Eefjes tenen en dook. Wat een ontzettend slimme tinker!

Wij waren nog slimmer. Ik ging schuin achter hem lopen. Zodra ik hem naar de berm zag kijken, tikte ik op zijn ronde billen en beval: 'Doorlopen, Sem!'

Dat deed hij. Hij was slim genoeg om te begrijpen dat hij er bij ons niet mee wegkwam.

Bij het weiland werd duidelijk hoe hij was ontsnapt: dwars door het schrikdraad heen. Er zat niks anders op dan hem in de stal op te sluiten.

Gelukkig kon dat. Er was een deur met drie dikke schuiven erop. Waarschijnlijk kon hij ook deuren openmaken.

We hadden nog meer geluk. Binnen hing een briefje aan de muur met het telefoonnummer van ene Amy.

'Vast het meisje dat we gisteren zagen,' zei Eefje.

'Ik hoop het,' zei ik. 'Het kan ook de dierenarts of de hoefsmid zijn.'

'Ik probeer het.' Eefje pakte haar telefoon en belde. Het was Sems eigenaresse en ze was heel blij met het telefoontje. Ze kon er binnen een kwartier zijn en vroeg ons of we even wilden wachten.
Na tien minuten kwam het meisje van gisteren aangefietst.

Ze zwaaide al bij het hek en kwam hijgend de stal in rennen. Eefje en mij bedankte ze uitvoerig en op Sem mopperde ze flink.
Tot Sem zachtjes brieste en haar heel lief aankeek.
Amy zuchtte en klopte hem op zijn hals. 'Het is al goed, Semmetje. Je bent een ramp en een schatje.' Ze bleek wanhopig te zijn; Sem wil kennelijk niet alleen zijn. Hij ontsnapt regelmatig en maakt dingen kapot. Ze vertelde dat ze al een sterker stroomapparaat had

gekocht, maar dat hielp ook niet.
'Hij heeft een maatje nodig,' zei Eefje wijs.
'Ja, eigenlijk wel,' gaf Amy toe, 'maar dat geeft ook weer problemen.'
Een pony erbij was te duur, zei ze, en ze had ook geen tijd voor twee pony's. Een bijrijder wilde ze niet, dat gaf alleen maar problemen. Net als een pony van iemand anders. Een shetlander werd het ook niet, want shetten waren meestal veel te ondeugend. Ze was bang dat ze dan samen dubbel zo veel streken gingen uithalen.
Alle oplossingen die wij bedachten, had ze al een keer bekeken, dus we kwamen er niet uit. Amy ging het hek repareren en wij liepen terug naar de manege.

Sjonnie zag er niet uit! Hij had uitgebreid in het zand liggen rollen en van de poetsbeurt was niks meer te zien.
Madelief was nog schoon. Ze stond akelig stil op ons te wachten. Niet omdat ze Sem miste, nee, omdat ze zere benen had. Ze liep zo beroerd dat ik er tranen van in mijn ogen kreeg.
Cas zag ons voorbijkomen. 'O jee,' zei hij, 'dat ziet er slecht uit.'

Annelotte had hem alles al verteld over de chaos op het binnenplein.

Cas schudde zijn hoofd. 'Die ontsnapping heeft haar benen geen goed gedaan.' Hij voelde Madeliefs benen na.

Die waren opgezet en warm. Het was helemaal fout!

Cas bracht Sjonnie weg, zodat wij samen voor Madelief konden zorgen. Hij drukte ons op het hart om daarna meteen naar de kantine te komen. We beloofden het.

We spoelden Madeliefs benen af met koud water en zetten haar in de stal. Ze bleef stil in een hoekje staan wachten, tot we haar een armvol hooi hadden gegeven. Gelukkig had ze meer honger dan pijn en wilde ze wel eten. We lieten haar kauwend achter en liepen naar de kantine.

Daar zat Cas op ons te wachten. Eerst maakte hij de wond op mijn hand schoon en verbond hem met spierwit verband. Lang zou het niet wit blijven; ik trek vuil aan.

Mama kan een hele dag in een witte broek lopen zonder er een vlekje op te krijgen. Ik word zelfs vies als ik stil op een stoel zit. En jij, papa? Of heb je nooit witte kleren aan?

Voor we naar huis mochten, kregen we drinken en een gevulde koek. Cas was duidelijk heel blij met ons. Mama niet! Je had haar moeten horen toen ik een kwartier te laat thuiskwam.

DONDERDAG

Pechdag! Heb jij ook weleens zo'n dag die je liever had overgeslagen, papa? Dit was er zo een.

Het begon redelijk. Mijn hand deed wel pijn, maar het viel mee. Het verband had ik er afgehaald voor ik naar school ging. Anders moest ik de hele dag uitleggen wat het probleem was. De wond zat rechts en ik ben links, dus met schrijven had ik nergens last van.

Toen ik uit school kwam, was mama nog niet thuis. Hoewel ze gisteren flink tekeerging, had ik geen huisarrest gekregen. Eigenlijk was ze meer ongerust dan kwaad. Ik kom wel vaker iets te laat thuis en dan doet ze niet zo moeilijk. Het zag er allemaal erger uit dan het was door het verband, en daar schrok ze van.

Omdat mama me niks had verboden, ben ik weer vertrokken voor ze me kon tegenhouden. Voor de zekerheid had ik wel een briefje neergelegd.

Op de manege ging het echt mis.

Madelief en Sjonnie stonden in de longeerbak. Cas hing

over het hek naar hen te kijken met zijn telefoon tegen zijn oor.

Zodra hij Eefje en mij zag, ging hij rechtop staan en maakte hij een eind aan het gesprek. Het leek alsof hij op ons stond te wachten. Waarom zou hij?

Dat werd snel duidelijk: hij had slecht nieuws.

Nadat hij Madelief gisteren had zien lopen, zag hij het somber in. Vanmorgen was het niet beter. Hij belde de dierenarts en mocht meteen naar de kliniek komen. Al na de eerste röntgenfoto's had de arts zijn diagnose klaar.

'Sorry, meiden.' Cas klonk ernstig. 'Madelief heeft versleten spronggewrichten.'

'Komt het nog goed?' vroeg ik, tegen beter weten in.

'Nee,' antwoordde Cas. 'Versleten is versleten, dat wordt niet meer beter.'

'Is het zeker?' vroeg Eefje. 'Ik bedoel, een arts kan zich ook vergissen.'

'Ik heb de foto's gezien en er is geen twijfel mogelijk,' antwoordde Cas. Hij was vriendelijk, maar ook heel duidelijk: Madelief kan niet meer werken en moet zo snel mogelijk weg. Hij heeft haar stal nodig voor een nieuwe manegepony. Een die wel de kost kan verdienen.

Zo bot zei hij het natuurlijk niet, maar daar kwam het wel op neer.

Ik slikte mijn tranen weg en vroeg: ‘Mogen wij voor haar zorgen tot ze weggaat?’

‘Heel graag zelfs,’ zei Cas. ‘Daar zijn jullie goed in, heb ik gemerkt.’

‘Mag ze wandelen?’ wilde Eefje weten.

Dat mocht. Rustig, onbelast bewegen is goed voor haar. Van stilstaan gaat het sneller achteruit.

Cas wees naar de lucht. ‘Vandaag kunnen jullie beter eerst gaan wandelen. Het gaat regenen.’

Boven ons hoofd pakten donkere wolken zich samen. Letterlijk en figuurlijk!

Cas bracht Sjonnie naar zijn stal. Madelief liet hij bij ons achter.

Even keken Eefje en ik Sjonnie na, daarna keken we elkaar aan…

Tegelijkertijd barstten we in tranen uit. We huilden met onze gezichten in Madeliefs manen. Ieder aan een kant. Madelief heeft een dubbele manenkam met een flinke bos haar aan beide kanten van haar nek, dus dat gaf geen problemen.

Het was goed dat het muisstil was op de manege; zelfs Bente en Annelotte waren niet aan het trainen. Er was niemand die ons zag.

Ook Levi niet.

Hij had me best mogen troosten.

Hoewel... Wie had hij dan in zijn armen genomen? Eefje, mij, of ons allebei?

Wilde ik dat wel?

Misschien was het juist goed dat hij er niet was. We hadden alle tijd om zielig en verdrietig te zijn.

Madeliefs manen waren kletsnat toen we eindelijk stopten met huilen.

We gingen wandelen met onze arme super-haf. Om het allemaal nog erger te maken dacht Eefje aan dingen waaraan ik helemaal niet wilde denken. Ze begon weer over de slager.

Ze had het niet zelf bedacht. Thuis aan tafel had ze verteld over Madelief. Haar jongste broer, hij heet Guus geloof ik, had gegrijnsd en gezegd: 'Weer een voor in de frikandellen. Lekker.'

Eefje was heel boos geworden, maar ze kreeg het niet meer uit haar gedachten. Madelief bij de slager werd een nachtmerrie. Eerst alleen voor haar en nu voor ons allebei.

Ook op het zandpad was het stil. De koeien stonden aan de andere kant van hun wei en Sem was uit rijden.

Dachten we...

Tot Amy op de fiets het bos uit kwam! Eefje en ik hadden niet goed opgelet. De wei was wel leeg, maar het stroomdraad lag gebroken op de grond. Amy wilde het losse draadje oppakken.

'Pas op! Je krijgt een schok,' riep ik geschrokken uit.

'Er staat niks op,' zei Amy. 'Ik hoor niks.'

Ze had gelijk. Waar het draad de grond raakte, zou de stroom moeten weglopen met korte, felle tikken. Het was stil.

De batterij van het stroomapparaat was leeg. Amy wist wel dat er een nieuwe in moest, maar ze dacht dat hij het nog wel een dagje zou volhouden. De nieuwe batterij zat in haar fietstas.

Het draad was snel gerepareerd en de batterij zo vervangen. Sem was nog niet terug.

'Willen jullie alsjeblieft helpen zoeken?' vroeg Amy. 'Hij kan overal zijn.'

'Niet op de manege, want dan hadden wij hem wel gezien,' zei Eefje.

Amy keek zo ongelukkig dat we geen nee konden zeggen. Voor Madelief zou het te veel zijn, dus lieten we haar

achter in het weiland. Omdat er gras stond, maakte ze daar geen bezwaar tegen.
Over de zoektocht kan ik kort zijn: een uur lang liepen we over rulle zandpaden, tussen bomen door en dwars door prikkende braamstruiken. Sem was en bleef onvindbaar. Toen het begon te regenen besloten we om het op te geven.

Eenmaal terug bij het weiland hield het op met zachtjes regenen; het begon te plenzen.

Madelief stond in de stal met Sem heel dicht tegen haar aan. Hij duwde zijn neus in haar manen en snoof. Ze roken vast nog naar zoute tranen.
Waar Sem vandaan kwam, is ons een raadsel. En hoe hij binnen is gekomen ook. Het draad was nog heel en de stroom joeg er tikkend doorheen.
Hij moet over het hek zijn gesprongen. Volgens Amy kan hij dat best.
Sem was droog, wat betekent dat zo ongeveer de helft van onze zoektocht voor niks was geweest. Hij was al een hele tijd terug.
'Hij is teruggekomen voor Madelief,' zei Amy. 'Als dat geen echte liefde is…'
Eefje was niet in de stemming voor liefdesverhalen. Zij zag alleen problemen. 'Wat nu?' vroeg ze. 'Als we Madelief meenemen, komt Sem achter ons aan.'
De enige oplossing was om Sem in de stal op te sluiten. Hij mag alleen nog in de wei met Amy in de buurt. Het is niet leuk, maar Amy heeft alles geprobeerd en niks helpt. Sem heeft het aan zichzelf te danken.
Afgelopen middag vond hij het vast niet erg. Het bleef gieten!
Toen we terugkwamen in de manege droop het water van ons af. We zetten Madelief op de wasplaats en droogden haar

zo goed mogelijk af met behulp van een zweetmes, bossen stro en handdoeken.

Over de slager hadden we het niet meer. Maar ik weet zeker dat Eefje er net zo vaak aan moest denken als ik.

In de binnenbak was een les bezig en in de kantine zaten een paar ouders te kijken. Verder was het uitgestorven.

We vertrokken op tijd naar huis, normaal gezien tenminste. De terugweg duurde twee keer zo lang vanwege de harde tegenwind. Die blies de regen in mijn ogen en ik zag bijna niks.

Vijf minuten te laat zette ik mijn fiets in de schuur.

Niet veel, maar toch echt te laat. Jij had het vast begrepen, hè papa?

Mama niet.

Toen ik eindelijk binnen was, was ik moe, chagrijnig en kletsnat. Mijn humeur werd nog slechter toen ik Goof en Thijs betrapte met mijn laptop.

Met slecht weer gamen ze vaak, maar daar waren ze niet mee bezig. Ze probeerden dit verslag te hacken!

Ze hadden beter moeten weten: ik ben veel slimmer dan die twee snertjochies. Ze waren nieuwsgierig omdat ik het bestand had verborgen. Daarom konden ze niet geloven dat het echt over paarden gaat. Voor hun bestwil doen ze dat vanaf nu wel!

En toen kwam mama binnen. Een uitgebreid verslag van de ruzie die volgde, zal ik je besparen, papa.

Ze had een paar verwijten die nergens op sloegen:

1. Ik was 'zomaar' weg.
   Hé, ik had een briefje neergelegd!
2. Ik was wéér te laat thuis.
   Ze moest blij zijn dat ik veilig thuiskwam met dit noodweer!
3. Ik maakte ruzie met de jongens.
   Wat deze keer echt hun schuld was!

Ik kreeg hulp uit onverwachte hoek: Vince nam het voor me op. Hij gaf Goof en Thijs een preek over privacy. Dat hadden ze driedubbeldik verdiend. Terwijl zij opgevoed werden, nam ik een warme douche.

Aan tafel bood Goof zijn excuses aan. Of hij het meende of dat hij was gedwongen weet ik niet. Het hielp, al ben ik nog steeds lichtelijk kwaad.
Om de ellende compleet te maken aten we spinazie. Die groene smurrie lust ik alleen geprakt met gekookt ei en veel mayonaise. Maar de mayo was natuurlijk op.

Eenmaal boven op mijn kamer zag ik een berichtje van Eefje op mijn telefoon.
Ze moet een verslag schrijven en het moet goed zijn, anders mag ze morgen niet naar de manege. Haar moeder controleert het morgenochtend voor ze naar school gaat en ze krijgt de zinnen niet opgeschreven. Tenminste niet zo dat iemand anders ze snapt.
Gisteren zou ik nog blij zijn geweest als ze thuis moest blijven. Dan had ik Madelief lekker voor mezelf gehad.
Nu zou ik het vreselijk vinden. Ik heb geen idee hoe ik zonder haar Madelief kan helpen.
Ik heb haar nodig!
Madelief heeft haar nodig!
Daarom gaf ik haar mijn mailadres. Ze stuurde me haar opdracht en wat ze tot nu toe had bedacht.
Ik heb het gemaakt volgens haar instructies: korte zinnen, geen moeilijke woorden en een paar opzettelijke

spelfouten. Die heb ik overgenomen uit haar eigen tekst, want ze verzinnen lukte me niet. Ik ben geconditioneerd om géén fouten te maken.

Het was niet moeilijk: binnen een half uur had ik het af. Voor haar was het uren werk geweest. Wat ben ik blij dat ik niet dyslectisch ben!

Nu lig ik in bed met mijn laptop. Mijn eigen huiswerk is ook klaar, het was niet veel. Morgen heb ik een proefwerk wiskunde, maar daar kan ik niet veel voor leren.

Vandaag heb ik je echt gemist, papa. Zou je me hebben getroost? Had je een oplossing voor Madelief? Gewoon met je praten was al fijn geweest.

Vince heeft het voor me opgenomen, maar ik wil jou!

Waar ben je?

VRIJDAG

Het is gelukt! Eefjes moeder heeft het verslag goedgekeurd en ze had niks door.

Eefje deed haar moeder na: 'Zie je wel, je kunt het best. Als je maar wilt.' Toen stampvoette ze en zei met haar normale stem: 'Ik kan het niet!'

Ik klopte op haar rug. 'Met mijn hulp wel. Jij mailt je maakwerk naar mij met het antwoord in steekwoorden. Dan maak ik er een net verslag van, inclusief spelfouten.'

'Waarom?' vroeg Eefje. 'Je mag me niet eens.'

Even stond ik met mijn mond vol tanden. Daarna verbeterde ik haar: 'Ik mócht je niet, maar dingen veranderen. Ik heb ontdekt dat je eigenlijk best wel aardig bent.'

Eefje keek me met toegeknepen ogen aan.

Ik deed mijn best om het uit te leggen: 'Dat we dezelfde dingen leuk vinden, was vervelend zolang we vijanden waren. Nu we samenwerken is het juist fijn.'

Ze begon te lachen. 'Dat is precies wat ik gisterenavond ook dacht, alleen dacht ik dat jij er niet zo over dacht.'

Om die kromme zin moesten we allebei lachen. Niet zo lang, want er was werk aan de winkel: we moesten Madelief redden.

Redden! Ja, je leest het goed, papa. We moeten zien te voorkomen dat ze aan de slager wordt verkocht.

Eigenlijk wilde ik het niet geloven, maar ik kon de gedachte niet meer loslaten. Ik heb er de hele nacht aan liggen denken en op school ook. Daardoor kon ik me niet concentreren bij wiskunde en heb ik minstens één fout gemaakt!

Eerst wisten we geen oplossing, maar later kwam die bijna vanzelf bij Eefje op. Tenminste, ik hoop dat het werkt.

Voor de duidelijkheid vertel ik het van voren af aan.

Wedden dat je trots op me bent, papa.

Onderweg naar Madeliefs stal kwamen we Annelotte en Magic tegen. Magic zag er schitterend uit. Zijn bruine vacht glansde en hij danste op de plaats.

Annelotte vroeg of we wilden helpen in de springweide.

Natuurlijk zeiden we ja. Ten eerste is het leuk, ten tweede kan het goed uitkomen als Annelotte ons graag mag.
Eefje en ik bouwden een paar lage hindernissen achter elkaar. Eerst drie balken op de grond. Daarachter een kruisje. Dan liggen de balken gekruist, zodat de hindernis in het midden lager is.
Een paar meter daar weer achter een lage steilsprong. Daarop lag de balk horizontaal, ongeveer een halve meter hoog.
Of weet je dat allemaal al, papa? Ben jij ook van de paarden?
Een in-uitje noemde Annelotte het, ideaal om Magics spieren, coördinatie en gehoorzaamheid te trainen. Hoog springen hoeft Annelotte hem niet meer te leren, dat kan hij al. Daarom oefent ze bijna nooit met hoge hindernissen; die bewaart ze voor de wedstrijden. Ze is zuinig op zijn benen; hij is nog zo jong.
Ik vroeg meteen of Madelief te veel had gesprongen. Annelotte dacht van niet. Haar achterbenen zijn waarschijnlijk haar zwakke plek en ze is al zesentwintig. Oud, hè?
Ik wist dat helemaal niet. Ze ziet er helemaal niet zo oud uit.

Magic was zo enthousiast dat hij een balk op ruim één meter hoog nog niet zou hebben geraakt. Het duurde een tijdje voor hij wat kalmeerde en redelijk rustig deed wat Annelotte hem vroeg.

Eefje en ik sjouwden met balken en maakten hindernissen hoger en lager. Het zweet liep over onze ruggen en we kregen er rode koppen van.

Toch kon Eefjes gezicht nog roder! Ik herkende het meteen: haar Levi-alarm sloeg aan.

Hij stond aan de kant naar ons te kijken. Hij zwaaide, maar kwam niet helpen.
Vast omdat wij het zo goed deden.
Oeps, ik klink wel heel onaardig. Vind ik hem nou leuk of niet?
Ja, ik vind hem leuk. Behalve het luie deel van hem.
Iedereen heeft wel iets wat minder tof is, toch?
Alleen zeggen ze dat liefde blind is. Ik zou het dus niet mogen zien...
Ik zwaaide naar Levi, en Eefje lachte verlegen. We stopten niet om met hem te kletsen. Nadat we een aantal balken in een halve cirkel op de grond hadden gelegd, was hij weg.
Blijft de vraag: ben ik nou verliefd of niet? Met Eefje kan ik het er niet over hebben. Mijn lievelingspony wil ik best met haar delen, maar mijn vriendje gaat te ver.
In elk geval zou ik heel graag een romantische rit met Levi maken. Daar laat ik het voorlopig bij.
Na ruim een half uur zei Annelotte: 'Ik ga stoppen, ik moet straks privéles geven. Hartstikke bedankt, meiden.'
Haar dank bleef niet bij woorden! Eefje en ik mochten Magic uitstappen.
Annelotte bracht hem naar de longeerbak. Ze maakte de

beugels korter en hielp mij op zijn rug.
Ik zat hoog! En lekker!
Magic stapte ruim en soepel om Annelotte heen.
Echt rijden was het niet. Ik moest de teugels los laten hangen en hoefde niet te sturen. Toch was het fijn.
Ik zat met rechte rug en ontspannen benen en kon niet stoppen met grijnzen. Ook niet toen ik alweer op de grond stond en Eefje op Magic zat.
Eefje en ik waren het weer eens: Magic reed heerlijk en het was super om een keer op zo'n groot springpaard te zitten.
Er zijn veel lieve paarden die lekker rijden, maar er is slechts één Madelief. Op haar zal ik nooit meer rijden. Verwennen kon ik haar wel.
Madelief was blij met ons. Ze hinnikte al toen we de gang in liepen. Ze was nog helemaal schoon, dus waren we snel klaar met borstelen en hoeven uitkrabben. We gingen wandelen.
Madeliefs radar voor Sem werkte al net zo goed als die van Eefje voor Levi. Midden op de binnenplaats stak Madelief haar hoofd in de lucht en hinnikte ze megahard. Uit de buitenbak kwam een hartstochtelijk antwoord...

Van Sem!

Deze keer was hij niet alleen: Amy zat op zijn rug. Annelotte ging hen lesgeven. Madelief sleurde ons naar de bak en Sem liep naar de omheining. Ze waren pas tevreden toen ze in elkaars neusgaten konden blazen.

'Hoi,' zei Amy. 'Ik ga Sem hard aan het werk te zetten, in de hoop dat hij wat braver wordt. Gelukkig heeft Annelotte vandaag al tijd voor een privéles.'

'Die les gaat zo niks worden,' zuchtte Annelotte. 'Sem lijkt wel verliefd.'

Precies wat Eefje en ik dachten.

'Wij lopen verder,' zei ik. 'Het komt wel goed.'

Het duurde even voor Sem zich op de les wilde

concentreren. Halverwege het zandpad hoorden we hem nog hinniken.

Madelief richtte al snel haar aandacht op het gras. Eten is voor haar nog belangrijker dan de liefde.

Mijn gedachten draaiden rondjes. Van Madeliefs zere benen naar Levi, via niet langer kunnen werken naar romantische ritten, en via plaatsmaken voor een nieuwe lespony naar stiekem zoenen...

Eefje dacht logischer. 'Dat is het!' zei ze plotseling.

'Wat?' vroeg ik verbaasd.

'Dom dat ik daar niet eerder aan heb gedacht.'

'Waaraan?' Ik snapte er echt niks van.

Haar oplossing was simpel: 'We zetten Madelief bij Sem in de wei. Daar kan Madelief rustig rondlopen, oftewel onbelast bewegen. En Sem loopt niet meer weg. Hij is het liefst bij Madelief, dus waarom zou hij?'

Het leek perfect, maar er was één ding mis aan.

'Hoe overtuigen we Amy?' vroeg ik voorzichtig. Ik wilde geen spelbreker zijn, maar Amy wil geen tweede pony. Daar was ze heel duidelijk over geweest.

We konden het meteen proberen. Hun les was afgelopen en Sem en Amy waren op de terugweg. Sem was moe. Hij zweette en hield zijn hoofd dicht bij de grond.

Hij probeerde niet eens te eten!
Madelief brieste een lief briesje.
Sems hoofd schoot omhoog. Hij stootte bijna tegen Amy's neus.
Blij hinnikend nam Sem grote passen tot hij bij ons was.
Zijn vermoeidheid was over! Madelief duwde haar neus tegen de zijne. Zij schaamden zich niet en zoenden openlijk.

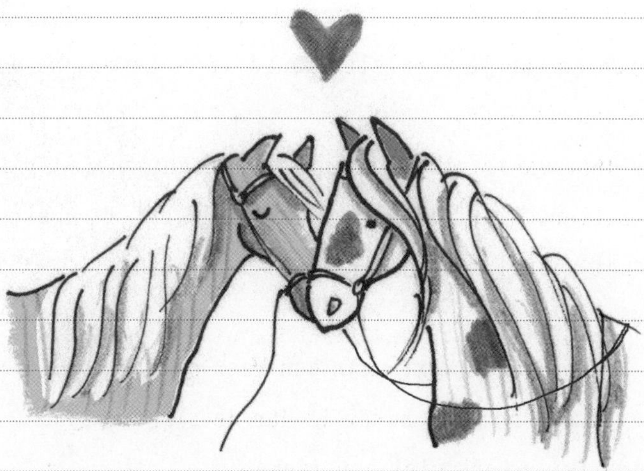

'Amy,' begon Eefje, 'wij hebben bedacht hoe je Sem in zijn wei kunt houden.'
'Echt waar?' Amy keek heel blij.
We legden het haar uit. Amy reageerde zoals verwacht: ze wil geen tweede pony.

Ten eerste heeft ze daar geen tijd voor. Nou, Madelief hoeft alleen elke dag een knuffel en eens in de week een borstelbeurt. Dat kost minder tijd dan het repareren van alle dingen die Sem kapotmaakt.

Ten tweede heeft ze geen geld om Madelief te kopen. Dat is een groter probleem, want Amy gelooft niet dat ze Madelief voor niks zal krijgen. Bij de slager brengt ze nog vier- à vijfhonderd euro op.

Begon zij daar nou ook al over? Er zijn veel meer manieren om van je versleten paard af te komen. We namen er een aantal door:

1. Een dure manier is om het paard in een pensionstal te zetten. Omdat dat elke maand geld blijft kosten, is het vooral een probleem als het paard heel oud wordt.
2. In laten slapen kost maar één keer geld. Hoewel een spuitje beter is dan de slager, wilde ik er toch niet aan denken.
3. Verkopen kun je alleen aan de slager. Ik denk er hard over om vegetariër te worden! Om te beginnen eet ik nooit meer frikandellen.
4. Weggeven kost niks en levert ook niks op. Ik hield koppig vast aan die laatste en meest sympathieke oplossing.

‘Als je Madelief zou krijgen,’ vroeg ik dwingend, ‘wil je haar dan wel of niet, Amy?’

‘Als het me niks kost,’ antwoordde Amy. En ze reed door.

Eefje en ik hadden een nieuw doel: Cas overhalen om Madelief aan Amy te geven. We moesten het op zo’n manier vragen dat Cas geen nee kon zeggen.

‘Wat is er belangrijker dan vijfhonderd euro?’ vroeg Eefje zich hardop af.

‘Tevreden klanten,’ wist ik zeker.

Zou Cas Madelief weggeven als heel veel manegeklanten dat wilden? Het was de moeite waard om het te proberen.

We stuurden een berichtje naar iedereen van de manege van wie we het telefoonnummer hadden. In totaal kwamen we op dertien mensen.

Aangezien dertien dit jaar mijn geluksgetal is, vond ik het een goed teken.
In het bericht vroegen we iedereen die Madelief van de slager wilde redden om morgenmiddag om twee uur naar de kantine te komen. Ook vroegen we ze om het bericht door te sturen naar zo veel mogelijk andere mensen.
We hebben het goed voorbereid. Op het rooster staat dat Annelotte morgen om twee uur lesgeeft. Dan heeft Cas tijd om naar ons te luisteren.
Ik was heel tevreden over onze actie. Tegenover een grote groep klanten zal Cas echt niet beginnen over de slager. Hij moet wel ingaan op ons plan.
Eefje en ik hadden weer hoop op een goede afloop.

Eenmaal thuis vervloog mijn hoop: mama had voor morgen quality-time bedacht. Dit betekent aandacht voor elkaar, oftewel een dag met z'n tweeën leuke dingen doen. Zonder Goof, zonder Vince.
Normaal kijk ik daarnaar uit. Nu niet: ik moet morgen op tijd in de kantine zijn.
Mama snapte het niet. In haar ogen heb ik deze week genoeg tijd doorgebracht op de manege. Ik heb gezeurd, gedreigd en gesmeekt, maar het staat vast;

morgenochtend om half tien vertrekken we naar het centrum om te shoppen.

Ik weet niet hoe ik eronderuit kom. Eefje heeft ook geen idee. Na tientallen berichtjes over en weer hebben we geen bruikbaar plan. In geval van nood doet ze het morgen alleen.

Ik wil erbij zijn!

Was ik maar achttien, dan liet ik me niet dwingen.

ZATERDAG

Goof heeft me gered. Op zaterdag gaan Thijs en hij voetballen. Vince gaat altijd mee en mama soms. Vandaag is er een toernooi en Goof wilde per se dat mama kwam kijken. Hij bleef zeuren tot ze beloofde dat ze er 's middags zou zijn.

Samen met mij!

'Echt niet!' zei Goof. Hij knipoogde naar mij en voegde eraan toe: 'Angel geeft niks om voetbal, die kan alleen over paarden praten. Laat haar maar thuis.'

Goof kan heel goed doordrammen en uiteindelijk mocht ik kiezen. Opgelucht zei ik: 'Ik ga naar de manege, kijken hoe het met Madelief gaat.'

'Zie je wel,' zei Goof. 'Altijd paarden.'

Dank je wel, broertje! Hierbij heb je goedgemaakt wat je me donderdag flikte. Mijn geheime bestanden zijn niet voor niks geheim!

Een halve quality-time-dag overleefde ik wel. Mama kocht een jurkje en ik twee nieuwe shirtjes en een spijkerbroek. Maar wat betekenen nieuwe kleren als je

lieveling haar leven niet zeker is?
Niks toch? Ik kon er niet echt van genieten.
Om goed te maken dat mama woensdag tijdens de lunch haar telefoon opnam, gingen we na het shoppen naar mijn favoriete eetcafé. Niet dat er iets goed te maken viel. Ze deed me een plezier, wat ze nooit zal begrijpen.
In het café staan van die luie zachte banken waarin je heerlijk kunt wegzakken. Ze hebben er zelfgemaakte warme chocolademelk. Natuurlijk nam ik die met slagroom. Op mijn lijn hoef ik (nog) niet te letten. Ik nam er een broodje sla met ei en kaas, zonder ham, bij.

De gedachte aan het varken waar de ham vanaf kwam, verminderde mijn eetlust.
En toen kwam de grote verrassing: mama's verhaal over jou verandert, papa! Ze wist ineens zeker dat je Paul heet. Toen ik naar je achternaam vroeg, draaide ze eromheen. Vroeger was ze duidelijk: ze wist niks. Nu zei ze geen ja en geen nee. In plaats daarvan begon ze gauw over school. Alsof dat interessant is.
Ik moet een manier bedenken om het uit haar te krijgen! Wat is ze te weten gekomen over jou, papa? Genoeg om je ooit te vinden?

Ik fietste de longen uit mijn lijf en rende precies om twee uur de kantine in. Eefje was er al en ze was niet alleen. De kantine was overvol! Er waren minstens drie keer zo veel mensen als wij hadden uitgenodigd.
De enigen die ik miste, waren Levi en Vivian. Levi wist waarschijnlijk van niks. Jammer genoeg heb ik zijn telefoonnummer niet. Vivian zit er altijd, maar nu Madelief hulp nodig had, was ze er niet. Expres of per ongeluk?
Cas was er wel!
Ik sloeg helemaal dicht bij het zien van zo veel mensen. Eefje niet. Ze vertelde zonder haperen wat we hadden

bedacht. Het stukje over de slager liet ze natuurlijk weg; ze wilde Cas niet boos maken. Tot slot vroeg ze Cas of hij Madelief aan Amy wilde geven.

Cas kon niks anders dan ja zeggen. Hij keek zelfs blij en zei: 'Wat een geweldig idee! En zo snel, ik was zelf nog helemaal niet zover.' Toen keek hij de kantine rond en vroeg: 'Maar waarom zijn jullie hier met zo veel?'

'Omdat Eefje en Angel bang waren dat je Madelief aan de slager zou verkopen,' flapte Nathalie eruit. Ze was speciaal gekomen, want normaal is ze alleen op maandag op de manege. Heel lief, maar waarom kon ze haar mond niet houden? Of had ik dat kunnen verwachten van iemand die graag op Boris rijdt? Dan kun je niet echt slim en subtiel zijn, toch?

'Geen van mijn paarden gaat naar de slager. Ze werken hard voor mij zolang ze leven en verdienen een waardig einde,' zei Cas ernstig.

Mijn hoofd werd zeker zo rood als dat van Eefje. Pfoe, wat schaamde ik me. Het was Eefjes idee, maar ik geloofde het, dus had ik net zo veel schuld.

Cas legde uit hoe het zit: 'Paarden die echt niet meer kunnen werken, laat ik door de dierenarts op een rustig moment inslapen. Madelief heeft niet genoeg pijn om daartoe opdracht te geven. Zolang ze niet werkt, heeft ze nergens last van. Met pensioen naar een pensionstal is te duur. Ze kan nog wel tien jaar blijven leven en zo veel geld kan ik echt niet missen. Ik ken veel mensen met een weilandje en een stalletje, en ik had al hier en daar rondgevraagd. Er was iemand die erover zou nadenken, maar dat hoeft dus niet meer. Dankzij Angel en Eefje is er een prima oplossing.'

Nadat hij nogmaals had beloofd dat hij goed voor Madelief zou zorgen, nam Cas ons apart. Hij prees ons uitgebreid voor onze inzet. Alleen was het nog beter geweest als we eerder met hem waren komen praten,

in plaats van heel de manege op te trommelen vanwege een verzonnen horrorverhaal.

Het was een pijnlijk gesprek. Vooral omdat Cas niet boos was, maar teleurgesteld. Hij begreep niet dat wij zoiets van hem dachten.

We schaamden ons, maar waren toch vooral blij. Blij omdat Madelief was gered.

Blij om niks, want het was helemaal niet zo goed geregeld als wij dachten. Daar kom ik dadelijk op terug.

Bijna iedereen die in de kantine had gezeten, stond op ons te wachten. Ze wilden weten hoe het gesprek was gegaan én ze wilden afscheid nemen van Madelief.

'Alles is goed,' zei Eefje vrolijk. 'Madelief gaat naar Sem.'

Ach ja, toen wist ze nog niet beter.

'We willen wel afscheid nemen,' zei Nina.

'We zwaaien haar uit,' riep Nathalie.

'Ze gaat niet meteen,' zei Cas, 'en ik wil liever niet zo'n grote groep in de stallen. Te onrustig, en bovendien kunnen de leerlingen van drie uur dan nergens bij.' Hij stuurde iedereen naar de binnenplaats, behalve Eefje en mij.

Wij mochten Madelief halen.

Madelief was blij ons te zien en omdat ze mee mocht,

werd ze nog blijer. Onderweg naar buiten vertelden we haar dat ons plan was gelukt.
Met gespitste oortjes liep ze tussen ons in.

Op de binnenplaats werd ze geaaid, geknuffeld en gezoend. Bijna iedereen had wel iets lekkers voor haar. Eten is haar favoriete hobby en ze genoot van alle aandacht.
Na het afscheidsfeestje brachten we Madelief terug naar haar stal. Daar belden we Amy. Eefje zette haar telefoon op de luidspreker. De bedoeling was dat ik kon meegenieten van Amy's enthousiaste reactie.
Niet dus!

'O, nee,' zei Amy. 'Ik wil haar niet, ik heb me bedacht.'
Ze vindt twee pony's toch te veel. Madelief heeft elke acht weken een hoefsmid nodig en minstens één keer per jaar de dierenarts voor inentingen. Die kosten kan ze niet betalen, zei ze. Met Sem alleen heeft ze al genoeg zorgen. Ze gaat hem harder laten werken en verder kan hij best op stal.

Wat Eefje en ik ook zeiden, Amy begon er niet aan, zei ze.

Nadat Amy had opgehangen, bleef Eefje naar haar telefoon kijken. Alsof ze het niet kon geloven.

Ik wilde het niet geloven, maar het was zo. Amy liet ons, en vooral Madelief, in de steek.

'We zullen het Cas moeten vertellen,' zei ik.

We schaamden ons nu echt heel diep. Al dat gedoe in de kantine was voor niks geweest, er was geen oplossing.

Madelief hoefden we het niet uit te leggen. Ze had alles gehoord. Veel had ze er niet van begrepen, want ze probeerde ons te troosten. Ze duwde haar neus in mijn buik en daarna tegen Eefjes zij.

We knuffelden haar, aaiden haar en klopten op haar hals. Tot we moed genoeg hadden verzameld om het slechte nieuws aan Cas te vertellen.

We waren doodsbang voor zijn reactie. Zou hij ons wegsturen?

Cas verplaatste hooibalen met de *loader*. Toen hij ons zag, stopte hij. 'Is er iets?'

'Ja,' zei ik.

'Madelief, hè...' zei Eefje.

'Ze kan...' zei ik.

'... vandaag niet,' viel Cas ons in de rede. 'Haar hoeven zijn nogal lang en ik laat haar bekappen voor ze weg mag. De hoefsmid komt maandag, dus tot die tijd blijft ze hier.'

Hij had niet begrepen waarvoor we kwamen. Hoe kon het ook anders met dat gehakkel van ons? Voor ik het kon uitleggen, reed Cas alweer weg. Ik stak mijn hand op om hem tegen te houden.

Eefje greep mijn mouw en trok me mee. 'We hebben tot maandag,' fluisterde ze. 'We hoeven het niet nu te zeggen.'

Ik vond het niks. Vervelende dingen doe ik liever meteen, dan ben ik ervanaf.

'In twee dagen kan er heel veel gebeuren,' zei Eefje.

Volgens haar weet Amy niet wat ze wil. Eerst zei ze nee, toen ja, daarna weer nee en morgen zegt ze misschien weer ja.

Ik liet me overhalen en beloofde om tot maandag te wachten. Dom, dom, dom...

Hoe langer ik wacht, hoe moeilijker het wordt. Maar twee

dagen extra met Madelief kon ik niet afslaan. Mocht Cas ons wegsturen, dan heb ik die tenminste nog gehad.

Op de terugweg naar Madelief ging Eefjes Levi-alarm af. Deze keer keek ze niet blij, maar geschokt.

Terecht!

In de achterste hoek van de zadelkamer, een beetje in het donker, stond Levi. Vivian was bij hem en ze zoenden. Uitgebreid, met tong!

Daarom waren ze niet in de kantine. Blijkbaar was zoenen belangrijker dan Madelief redden. Niet dat het wat uitmaakte, het ging allemaal toch niet door.

Aan het eind van de middag was ons humeur diep gezakt. We konden alleen maar hopen.

Hopen dat Amy zich nog één keer bedacht.
Hopen dat het niet serieus was tussen Levi en Vivian.
Hopen dat het voor Madelief goed afliep.
En voor ons ook!

Afwachten is niks gedaan. Ik wil iets doen!
Was het dom om Cas niks te vertellen, papa? Of juist slim?
Zijn Vivian en Levi nu een stelletje? Of maak ik nog kans?
Wil ik dat wel?
Ik weet het echt niet meer. Het is een chaos in mijn hoofd.
Eefje en ik gaan proberen om Amy over te halen. Daar hebben we nog twee dagen voor. Of Madelief gaat naar Sem, of Cas gooit ons eruit. Daar ben ik van overtuigd, want we hebben er echt een rommeltje van gemaakt.
Is dit het einde van Project Paard? Zonder manege wordt het lastig om veel paarden te zien, voelen, horen en ruiken.
Ik ga pas morgenmiddag weer naar Madelief. 's Ochtends heeft Eefje een uitgebreid ontbijt met haar ouders en haar vier broers. Omdat haar broers uitslapen, wordt het laat en ik ga niet zonder haar.

ZONDAG

De ochtend ging snel voorbij, want tante Tirza was op bezoek. Ze had een beeldje voor me meegebracht van een Zuid-Amerikaans veedrijverspaardje. Het is uit hout gesneden en lijkt een beetje op Sjonnie. Het past perfect bij mijn verzameling paardenbeeldjes.

Het was fijn om naar de verhalen te luisteren. Tante Tirza kan bijna net zo goed vertellen als fotograferen. Ook Goof hing aan haar lippen. Dat is bijzonder, want normaal kan Goof niet langer dan vijf minuten stilzitten en zijn mond houden.

Op een gegeven moment dwaalden mijn gedachten toch af naar Madelief. Hoe zou het verder gaan met haar? Zou Cas nog moeite willen doen om een goed plekje voor haar te vinden?

Ineens hoorde ik dat het gesprek over mij ging.

'Heb je Angel nog niks verteld, Jiska?' vroeg tante Tirza.

Mama schudde haar hoofd.

'Dat meen je niet!' riep tante Tirza uit. 'Ze is al dertien, zoiets kun je niet verborgen houden!'

'Ik weet niet hoe,' fluisterde mama. Zo had ik haar nog nooit gezien.

'Waar gaat dit over?' wilde ik weten.

Ineens hadden ze door dat ik er ook nog was. Ik had beter mijn mond kunnen houden.

'Wat? Wat? Wat?' riep Goof.

Ik wierp hem een boze blik toe. Zo krijg je mama niet aan het praten.

'Niks specifieks,' antwoordde mama. 'Tirza vindt dat ik je te veel behandel als een klein kind, Angel.'

Klopt!

Maar er was meer. Wat, daar kwam ik niet achter, want Vince kwam binnen en het ging meteen weer over de reportage in Zuid-Amerika.

Ik kom erop terug. Ik moet het weten, al wordt het moeilijk. Mama is echt een kei in het bewaren van geheimen.
Het ging vast over jou, papa! Gisteren deed mama ook al zo raar. Ik heb er recht op om alles te weten wat zij weet. Straks bedenkt ze dat ze beter kan wachten tot mijn achttiende verjaardag.
Dat duurt nog lang, daar zijn twee dagen niks bij!

Eefje had net zo slecht geslapen als ik. Ze had wallen onder haar ogen en zag er moe uit. Zo maakt ze weinig kans om Levi van Vivian af te pakken.

Niet dat ik er veel beter uitzag. Ik had al twee nachten slecht geslapen en maakte me vette zorgen. Over Madelief, over Eefje en over mezelf. Mijn gedachten draaiden constant rondjes en stopten nooit.

Het eerste wat we deden, was Amy bellen. We moesten proberen haar op andere gedachten te brengen.

Ze nam niet op.

Tijdens het verzorgen van Madelief belden we om de vijf minuten, maar ze bleef onbereikbaar. Wilde ze niet met ons praten? Of had ze geen tijd?

We waren bijna klaar met borstelen toen Annelotte en Bente bij ons kwamen kijken.

Eefje probeerde net Amy weer te bellen. Met een rood hoofd drukte ze haar telefoon uit.

Annelotte en Bente grijnsden naar elkaar. Wat zouden ze hebben gedacht? Dat Eefje haar vriendje wilde bellen? Of Levi...?

Ze zeiden er niks over en bespaarden ons zo een leugen.

Bente vroeg of we eindelijk klaar waren. Ze had Sjonnie in de longeerbak gezet en wij moesten Madelief erbij zetten. Pas toen dat gebeurd was, hoorden we wat ze echt van ons wilden.

Annelotte vroeg: 'Kunnen jullie sneller opzadelen dan poetsen?'

Het was niet zo'n rare vraag als het lijkt.
We mochten met hen een buitenrit gaan maken. De beloning, omdat we zo goed voor Madelief zorgden. Ze moesten eens weten!
Ze wisten het niet en ik kon niks vertellen. Ik had een zwijgbelofte tot morgen.
Mijn bezorgdheid over Cas kon ik wel uitspreken. 'Vindt hij het wel goed?' vroeg ik.
'Is hij niet boos op ons?' wilde Eefje weten.
Annelotte was verbaasd. 'Waarom zou hij?'
'Vanwege de slager en al die mensen gisteren in de kantine?' antwoordde ik en ik dacht: omdat we niks hebben verteld over Amy's afwijzing...
'Welnee.' Annelotte lachte. 'Mijn broer is wel wat gewend. Ik was nog veel erger toen ik dertien was. Gaan jullie mee of niet?'
We keken elkaar aan. Natuurlijk wilden we mee. Precies tegelijk zeiden we: 'Ja.'
Zonder uitleg konden we niet weigeren. En uitleggen was geen optie, want we hadden elkaar beloofd om te wachten tot morgen. Daarbij hádden we tot dat moment goed voor Madelief gezorgd en die rit verdiend.
Oké, het was een beetje krom gedacht, maar een onverwachte buitenrit sla ik echt niet af.

We mochten zelf kiezen op welke pony's we wilden rijden. Ik ging Spido proberen en Eefje nam Astrid. Levi keek ons na toen we vertrokken. Wat zou hij gaan doen? Vivian opzoeken? Alweer iets erbij voor de mallemolen in mijn hoofd!
Annelotte en Bente gingen voorop op Magic en Blacky. Eefje en ik volgden op Astrid en Spido. We reden naast elkaar in plaats van achter elkaar. Het was geen les, dus mocht het.

Sem hinnikte toen we voorbijkwamen. Hij stond in de stal en sloeg met zijn hoef tegen de deur.
'Morgen mag je eruit,' riep Annelotte naar hem.
'Morgen trekt je vriendin bij je in,' voegde Bente eraan toe.
Ik vermeed het om Eefje aan te kijken en staarde naar mijn handen. We hadden het gisteren al moeten zeggen. We zaten diep in de problemen!
Sem geloofde er ook niet in. We hoorden hem nog lang schoppen.
Morgen zou alles afgelopen zijn. Dit was waarschijnlijk onze laatste rit. Het beste was om te genieten zolang het kon. Spido reed heerlijk, het was mooi weer en het beloofde een geweldige rit te worden.
Ik ging rechtop zitten. Naast mij deed Eefje hetzelfde. We knikten naar elkaar; we gingen ervoor!
Het eerste stuk was fijn en het werd nog beter.
Na een halfuurtje vroeg Bente: 'Vind jij dat ze goed genoeg rijden, Annelotte?'
Ik keek Eefje aan. Waarvoor?
Eefje haalde haar schouders op en schudde haar hoofd.
Annelotte snapte de vraag wel. Ze keek naar mij, daarna naar Eefje en knikte. 'Ja hoor.'
Je raadt nooit wat er ging gebeuren, papa!

Het was beter dan mijn mooiste dagdroom. Daarin galoppeer ik romantisch met Levi over de hei. In het echt gingen we veel harder; in rengalop!

Spido hield de grote paarden bij. De wind suisde in mijn oren en de tranen sprongen in mijn ogen. Astrid was iets langzamer, al bleef ze niet ver achter.

Na die supergalop draafden we om het ven heen. We stopten niet zoals in mijn droom, maar Levi was er toch niet om te zoenen. We draafden veel langer dan we normaal met de groep doen.

Toen we weer stapten, vroeg Bente: 'Hoe vonden jullie het?' Ze draaide naar ons toe en begon te lachen. 'Ik zie het al, jullie glimmen.'

Ik dacht altijd dat het alleen een uitdrukking was, maar je kunt echt glimmen van plezier. Ik voelde het en bij Eefje zag ik het.

We reden verder over paden waar Eefje en ik nog nooit waren geweest en pas na ruim twee uur waren we terug op de manege.

Annelotte en Bente gingen naar de eigen paarden-gang, Eefje en ik naar de stallen voor de manegepony's. We genoten nog na toen Eefjes telefoon ging. Ze liet me het scherm zien.

Amy! Eindelijk!

Eefje haalde heel diep adem en nam op. Ze zette meteen de luidspreker aan.

Amy wist niet meer wat ze wilde, zei ze.

Alsof ze dat eerder wel deed. Ze was al zo vaak van mening veranderd.

Na haar uitleg snapte ik het. Sem stond veilig in de stal, dacht ze, dus had ze vandaag lekker uitgeslapen. Daar had ze spijt van, want het was helemaal niet veilig! Sem had een gat in de deur geschopt en zijn been verwond. De dierenarts was al geweest en hij had de snee dichtgemaakt met drie hechtingen.

Toen wij op de heenweg langskwamen, stond Sem inderdaad flink te schoppen. Op de terugweg had ik hem niet gehoord. Was Amy er toen al? Ik kon het me niet herinneren. De rit was zo gaaf geweest dat ik even niet aan Sem of Amy had gedacht.

Het was vervelend, maar het was ook een nieuwe kans!

Heel voorzichtig zei ik: 'Misschien moet je toch Madelief nemen.' Ik hield mijn adem in.

'Ik weet het echt niet meer.' We hoorden Amy huilen.

Eefje kan heel goed kletsen en nog beter iemand overhalen. Morgen komt Amy met Cas praten over Madelief en de mogelijkheden. Zou ze deze keer wel haar woord houden?

We hadden net opgehangen toen Cas voor onze neus stond.

Ik schrok me dood! Had hij iets gehoord?

Als dat zo was, liet hij het niet blijken. Hij kwam Amy's nummer vragen. Hij kende haar wel een beetje, maar wilde goede afspraken maken voor hij Madelief weggaf.

We hoefden het nummer niet te geven. Tenslotte had ze al beloofd morgenmiddag langs te komen.

Cas keek ons onderzoekend aan. Uiteindelijk knikte hij en zei: 'Oké, goed geregeld, dames.'

Niks goed geregeld! Stinkende mazzel!

Mijn benen waren slap en Eefje stond te trillen. Het was wel heel erg op het randje!

We zetten onze pony's op stal en ruimden alle spullen

op. Daarna gingen we Madelief binnenhalen. Onderweg naar de longeerbak ging Eefjes Levi-alarm af. Hij stond te flirten met een voor ons onbekend meisje. Naast de mesthoop.

Was dat een teken?

Hij legde zijn hand op haar arm en glimlachte zijn scheve lachje. Ik kon me niet meer bewegen. Volgens mij stond mijn mond open, terwijl ik naar hem staarde.

Eefje sleepte me verder aan mijn mouw. 'De smeerlap,' siste ze.

Voor ik weer kon praten stond Bente voor onze neus.

'Jullie komen precies op tijd,' riep ze uit.

Ze had Blacky gewassen en wandelde rondjes met hem over de binnenplaats om hem op te laten drogen. Maar ze moest hoognodig naar de wc. Ze vertrouwde haar paard aan ons toe en beloofde snel terug te zijn.

We liepen rond met Blacky en praatten over Levi. Had hij nou iets met Vivian? Met het meisje van daarnet? Of met niemand? Maakten we nog een kans? En wie van ons vond hij dan het leukst? Toen Bente terug was, waren we er nog niet uit.

Bente bedankte ons en nam Blacky weer over. Ineens flapte ze eruit: 'Pas op voor Levi. Ik bedoel... Hij is mijn neef... en hij is best aardig... maar hij is ook veel te knap...'

Als ik net zo dom keek als Eefje was het niet best.

Bente trok haar neus op en zei bot: 'Levi is meidengek. Hij komt hier voor de meisjes en niet voor de paarden. Trap er niet in!'

Eindelijk was het duidelijk!

Ik schoot in de lach en zei: 'Bedankt voor de waarschuwing.'

Eefje en ik kregen de slappe lach. Bente snapte er niks van. Ze was zo wijs om gewoon door te lopen.

We zetten eerst Madelief en daarna Sjonnie in de stal. Natuurlijk kwamen we Bente weer tegen. Ze bedankte ons omdat we Sjonnie terugbrachten.

'Jij bedankt,' zei ik en ik meende het. 'Het was echt aardig om ons te waarschuwen.'

Bente haalde haar schouders op. Volgens mij was ze liever geen familie van Levi geweest.
In elk geval waren Eefje en ik het alweer eens: Levi is het niet waard om ruzie over te krijgen. Vivian mag hem hebben, of iemand anders. Het kan ons niet meer schelen.
Het is raar, papa. Dromen over Levi's mooie ogen en over romantische ritten blijft leuk.
Dromen, meer niet! Zolang er paarden zijn, heb ik geen vriendje nodig.
Madelief en Sem zijn nog wel verliefd. Maar pas als die twee samen in de wei staan, geloof ik echt dat alles goed komt.
Ik ga nog even iets aan Eefjes huiswerk doen en daarna proberen te slapen. Het is de vraag of het lukt.
Misschien als ik mijn gedachten kan uitzetten?

MAANDAG

Van slapen kwam niet veel terecht. Ik had net zo goed niet naar school kunnen gaan, want ik kon me toch niet concentreren. Gelukkig had ik vandaag geen proefwerken of overhoringen.

Het cijfer voor wiskunde viel mee. Ik had twee fouten gemaakt in mijn proefwerk van vrijdag; eentje omdat ik niet op zat te letten en eentje omdat ik het niet wist.

Eefje had voor het eerst een 'goed' voor een verslag. Ik ben blij dat ik haar kon helpen. Ze stond langs de weg voor de manege op me te wachten. Te zenuwachtig om alleen verder te gaan.

Zo voelde ik me ook!

We raapten al onze moed bij elkaar en liepen naar binnen.

Eefje had in een taartvorm een traktatie gemaakt voor Madelief, van appel, peer, wortels en broodkruimels. Het zag er smerig uit, maar ze had er veel werk aan gehad. Echt lief.

Ik had een dikke wortel en een sappige appel meegenomen

voor het afscheid. Want wat er ook zou gebeuren, vandaag moesten we afscheid nemen van onze super-haf.

Toen wisten we nog niet of Amy echt zou komen en al helemaal niet wat ze uiteindelijk zou beslissen. Het kon goed en het kon slecht aflopen.

Madelief stond in de gang en Cas hield haar vast.

Hoefsmid Simon had haar hoeven bekapt en netjes rond gevijld en was bezig om er een laagje vet op te smeren.

Hij keek op en knipoogde. 'Ik heb begrepen dat deze dame bij haar vriend gaat wonen. Dan moet ze er wel mooi uitzien.'

Goed van hem, hè? Hij snapt het helemaal.

Cas lachte. 'Jij doet ook alles om het de dames naar hun zin te maken, Simon.'

Simon grijnsde en vroeg aan ons: 'En, lukt het me, dames?'

'Bij mij wel,' gaf ik toe.

'Bij mij ook,' zei Eefje.

'Hoe laat komt Amy ook alweer?' vroeg Cas.

Nerveus keek ik op mijn horloge. Ze had beloofd dat ze er om kwart over vier zou zijn en het was al vijf voor half vijf. Tien minuten te laat.

Kwam ze wel?

Simon was klaar en Cas gaf het halstertouw aan mij.

'Van mij mag ze opschieten, ik heb nog meer te doen,' bromde Cas.

Cas en Simon stonden te kletsen. Eefje voerde de taart aan Madelief. Het werd een kledderboel, maar Madelief vond het heel lekker.

Intussen stond ik op mijn nagels te bijten. Zou Cas het snappen als Amy zich niet aan haar woord hield? Als ik hem was, gooide ik ons eruit!

Annelotte zei dat hij heel wat gewend is, dus misschien viel het mee.
'Sorry, ik ben wat laat.' Amy rende de gang in. Bij Madelief bleef ze staan.
Wat dacht ze?

Het leek erop dat ze Madelief lief vond. Ze werd in elk geval niet boos toen Madelief haar vieze neus aan haar jas afveegde. Ze lachte erom.
Het overleg van Cas en Amy duurde eeuwen!
Mijn nagels waren op tegen de tijd dat het allemaal rond

was, en Simon was allang vertrokken.

Ze spraken het volgende af:

Madelief blijft van Cas. Ze doet op de manege mee met hoeven bekappen en inenten. Cas laat Amy weten wanneer de hoefsmid en de dierenarts er zijn. Voor de rest is Madelief Amy's verantwoordelijkheid.

Perfect!

Soms is het beter om af te wachten en niks te doen.

Eefje had gelijk.

Ik was zo blij dat ik iedereen wel kon zoenen. In plaats daarvan knuffelde ik Madelief. Eefje deed hetzelfde van de andere kant.

Madelief mocht meteen mee. Amy vroeg of Eefje en ik meeliepen naar haar nieuwe plekje.

Precies wat we wilden, maar eerst moest ik iets anders doen: Cas bedanken.

'Dank je wel, Cas,' zei ik.

'Waarvoor?' Hij klonk echt een beetje verbaasd.

'Dat Madelief naar Sem mag,' antwoordde ik.

'En dat we voor haar mochten zorgen,' zei Eefje.

'En voor de buitenrit,' voegde ik eraan toe.

'En dat we Madelief mogen wegbrengen,' vervolgde Eefje.

'En...'

Cas viel ons in de rede: 'Het is al goed. Jullie zijn echte paardenmeiden en hebben je best gedaan. Ik hoop dat jullie willen blijven helpen met de pony's als Madelief weg is.'

Natuurlijk!

Pfoe, wat waren wij opgelucht! In plaats van weggestuurd te worden, werden we gevraagd om vaak te blijven komen.

Er was nog iemand blij met ons: Janine, Sjonnies eigenaresse, bedankte ons ook. We hebben hem één keertje gepoetst, toch nodigde ze ons uit. Sjonnie gaat leren om voor de kar te lopen. Zodra hij het een beetje kan, mogen we een keer mee. Zo veel geluk achter elkaar was ik niet meer gewend.

Voor de laatste keer liepen we met Madelief over het zandpad. Het was allemaal goed afgelopen en toch voelde ik me ineens verdrietig.
Zonder Madelief wordt alles anders op de manege. Ik miste haar nu al!
Amy snapte het wel. We mogen altijd op bezoek komen, zei ze, tenslotte blijft Madelief in de buurt.
Sem maakte veel goed. Hij klom bijna over de staldeur heen van blijdschap toen Madelief zijn weiland in liep. Amy liet hem gauw vrij.
Wat was hij gelukkig! Hij bleef steeds heel dicht bij Madelief en duwde telkens zijn neus tegen haar aan. Alsof hij alleen kon geloven dat ze er was door het te voelen.
Zijn been zag er akelig uit. De snee zat vlak boven zijn hoef en was best lang.
'Je had het gisteren moeten zien,' zei Amy. Ze werd nog wit bij de gedachte. 'Alles zat onder het bloed. Ik heb meteen de dierenarts gebeld.'
De staldeur was gerepareerd met een dikke plank. Het was tijdelijk, zei ze, haar vriend had beloofd een nieuwe deur te maken.
Alles wat Sem kapotmaakte, kostte niet alleen meer tijd, maar ook meer geld dan Madelief onderhouden!

Ik zei het niet hardop, want Amy voelde zich al schuldig genoeg.
Het is raar, maar ik kan dus tegelijk blij en verdrietig zijn. Het blije gevoel nam toe en het verdriet af. Gelukkig wel.

Ik ben een half uur thuis geweest om te eten, daarna ging ik terug naar de manege. Mama zei er niks van. Sinds gisterochtend zit ze telkens stiekem naar me te kijken. Ze denkt dat ik het niet merk, maar dat doe ik dus wel.
Wat is er zo moeilijk om te vertellen? Het gaat over jou, papa. Ik weet het zeker!
Aandringen helpt niet, dan slaat mama dicht. Ik wacht af, maar niet zo heel lang. Misschien kan tante Tirza iets doen? Morgen ga ik haar bellen.
Ik was op tijd om te helpen bij de beginnersles. Wat ik niet van plan was, want ik wilde nog even bij Madelief en Sem gaan kijken. Voorwaarde was dat ik iemand vond die Liz en Harry overnam. Ik kon hen niet zomaar in de steek laten.
Verrassing! Vivian bood aan om Harry te borstelen, te zadelen en met Liz mee te lopen.
'En je nagels dan?' flapte Eefje eruit.

Vivian kromde haar vingers. Ze leek wel een kat die haar nagels uitsloeg. 'Maak je niet ongerust. Die redden het wel.'
Eefje kreeg een knalrood hoofd. Toch onhandig als je zo snel bloost.
Ik schoot haar te hulp. 'Oké, fijn dat je het wilt overnemen, Vivian.'
Het bleek dat Vivian wél voor de paarden op de manege is. Ze wil juist heel graag helpen, net als wij. Omdat ze niet goed wist hoe ze het moest aanpakken, zat ze vaak in de kantine. Ze wil veel leren, want ooit wil ze een beroemde dressuurruiter worden. Net als Bente. Waardoor we op Levi kwamen...
'We hebben jullie gezien, in de zadelkamer,' zei ik.
'Hé, zeg nou zelf,' reageerde Vivian. 'Levi is megaknap. Als je de kans krijgt om met hem te zoenen, dan doe je dat toch?'
Eefje en ik knikten.
'Maar hij is helemaal niet van de paarden,' zei Vivian. 'Hij komt voor de meisjes.' Zij had hem dus ook door.
We liepen samen naar Harry's stal. Vivian had er echt zin in. Ze was zo blij dat ze eindelijk een keer mocht helpen. Ik schaamde me ervoor dat ik zo onaardig over haar had gedacht.

Ik ben slecht in mensen inschatten:
- Eefje was mijn ergste vijand en blijkt de beste vriendin te zijn die je je kunt wensen.
- Vivian leek een modepop, maar is alleen maar verlegen.
- Levi is geen droomprins, maar een meidengek.

Ga nooit af op mijn eerste indruk!
Levi kwam ons tegemoetlopen. Hij glimlachte betoverend en vroeg om hulp bij het opzadelen van Alyssa.
Eefje weigerde: 'Ik ga naar Madelief en ik moet opschieten, anders kom ik te laat voor mijn eigen les.'

De groene ogen met bruine spikkels richtten zich op mij. 'En jij, Angel?'

Hij zei mijn naam voor het eerst en geloof het of niet: ik voelde vlinders in mijn buik. Hij is niet leuk en toch reageer ik zo op hem. Hoe kan dat nou?

Ik draaide weg van die mooie ogen en zei: 'Ik ga met Eefje mee.'

Ook van Vivian kreeg hij niks gedaan. Zij ging Harry klaarmaken.

Even later zagen we Levi zelf het hoofdstel omdoen bij Alyssa. Hij was er heel handig in. Wat een oplichter!

Ik ben genezen. Zelfs dagdromen over Levi doe ik niet meer!

Madelief en Sem stonden naast elkaar te grazen en hadden amper aandacht voor ons. Het is dat ik twee wortels bij me had, anders hadden ze ons genegeerd. Echte liefde bestaat dus wel.

Onderweg verklapte Eefje me een geheim. Haar naam is voluit Evangelina.

Kun je het geloven, papa? Haar moeder is nog erger met namen dan de mijne.

Om haar te troosten heb ik haar mijn echte naam verteld. Ik ben genoemd naar een filmster en zij naar iemand uit een kinderfilm: Angelina en Evangelina. Hoe erg kan het zijn?

We moesten rennen voor onze les. Nog nooit was ik zo laat geweest.

Vivian had het al zien aankomen: Spido en Astrid stonden gezadeld en wel klaar in hun stal. Ze is echt aardig!

Levi stond vanuit de kantine te kijken. Hij mocht alles zien, want het ging best goed. Na die fijne buitenrit voelden Spido en ik elkaar veel beter aan. Hij schoot maar één keer ongevraagd in galop.

Omdat ik wist dat Nina voortaan op woensdag rijdt, kon

ik eraan toegeven: Spido maakt een goede kans om mijn nieuwe lievelingspony te worden. Om op te rijden dan, want Madelief blijft op nummer een staan.
Ook Eefje en Astrid vormden een goed team. Voorlopig hebben we ieder een andere rijpony. Daar krijgen we geen ruzie meer over, net zomin als over Levi. Die mag zijn geluk bij andere meisjes vinden.
Na de les werd ik toch weer even verdrietig.

Madeliefs oude stal was akelig leeg. Een nieuwe pony is van harte welkom!

Zal Cas snel een geschikte pony vinden? Zullen Eefje en ik dan weer een lievelingspony delen? Dan vind ik het niet erg meer, want zoals je al wel begrepen zult hebben, zijn Eefje en ik vriendinnen geworden.

Project Paard gaat verder en zodra ik het weet, schrijf ik het voor je op, papa. Voorlopig ben je weer bijgepraat. Ik ga afsluiten, want na drie slapeloze nachten kan ik mijn ogen bijna niet meer openhouden.

Welterusten!

Foto: © Jan Stads

Net als Angel is **Nicolle Christiaanse** 100% paardengek. Vanachter het bureau waaraan ze haar boeken schrijft, kan ze haar mini-kudde zien in de paddock. De tijd die ze niet doorbrengt met schrijven, besteedt ze zo veel mogelijk aan haar pony's.

Leentje is Nicolles eigen super-haf. Ze heeft model gestaan voor Madelief. Ook Leentje heeft last van haar achterbenen. Ze kan niet meer werken, maar ze mag voor altijd bij Nicolle blijven.

Jorrin is de grootste en de jongste. Hij is een bijzonder paardje van een bijzonder ras: een Paso Peruano. Nicolle kreeg hem al als veulen. Hoewel Jorrin pas vijf jaar is hebben ze samen al veel meegemaakt.

Shetlander **Fritske** maakt de kudde compleet. Hij is klein, maar stoer en hij is schattig, maar ook beresterk. In zijn wintervacht is hij net een kleine teddybeer.

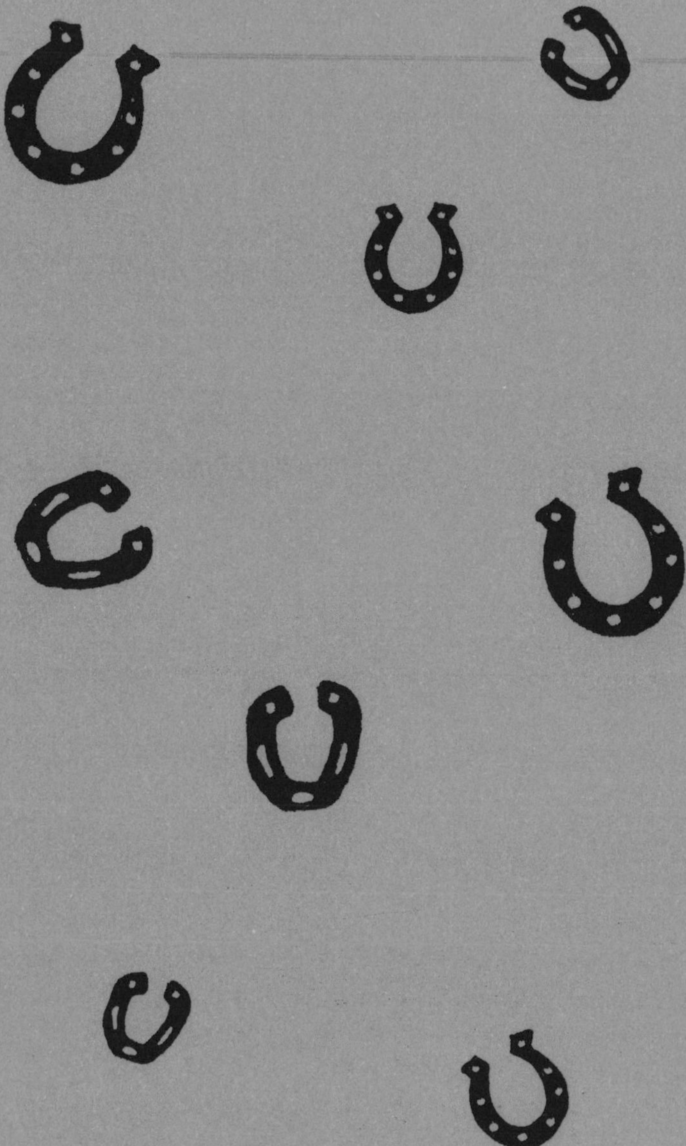